Diamond
钻石译丛

De omweg

绕路而行

Gerbrand Bakker

[荷兰] 赫布兰德·巴克 著

吴晓妹 管焱然 译

Nederlands
letterenfonds
dutch foundation
for literature

感谢荷兰文学基金会对本书翻译项目的赞助

人民文学出版社
PEOPLE'S LITERATURE PUBLISHING HOUSE

著作权合同登记：图字 01-2016-2714 号

Gerbrand Bakker
De omweg

图书在版编目(CIP)数据

绕路而行/(荷)巴克著;吴晓妹，管焱然译.—
北京:人民文学出版社,2016
(钻石译丛)
ISBN 978-7-02-011515-0

Ⅰ.①绕… Ⅱ.①巴… ②吴… ③管… Ⅲ.①长篇小说-荷兰-现代 Ⅳ.①I563.45

中国版本图书馆 CIP 数据核字(2016)第 065275 号

责任编辑：卜艳冰
特约策划：邱小群
封面设计：丁威静　高静芳

出版发行 人民文学出版社
社　　址 北京市朝内大街 166 号
邮政编码 100705
网　　址 http://www.rw-cn.com
印　　制 山东临沂新华印刷物流集团
经　　销 全国新华书店等
字　　数 167 千字
开　　本 889×1194 毫米　1/32
印　　张 7.25
版　　次 2016 年 7 月北京第 1 版
印　　次 2016 年 7 月第 1 次印刷
书　　号 978-7-02-011515-0
定　　价 39.00 元

建造一张宽大的墓床。
以敬畏之心建这一墓床；
躺在其中，静候审判
优雅且公正。

让床垫平直，
让枕头圆软；
别让日出金色的喧闹
惊扰了这处安眠。

——艾米莉·狄金森

十一月份

1

一天清晨，她看见了那几只獾。几天之前，她发现了一个石阵，獾就是在石阵附近看到的。等到傍晚临近，她还要再去看一看。一直以来，她都以为獾是一种安静平和、羞于见人且动作迟缓的小动物，可是，她眼前的这几只獾却正在相互打斗，嘴里还“嘶嘶”作声。一见到她，它们便从容而缓慢地钻入盛开的金雀花丛中不见了。空气中飘荡着一股椰子的香味。她沿着来时的小路折返回去；只有放眼远眺，你才有可能发现这儿有这么一条小路。她之所以会推断出这儿可能存在这么一条小道，是因为她看到了那几道锈迹斑斑的旋转小门以及门边破败不堪的栅栏，还有那根孤零零的柱子。柱子上有个符号，那符号原本想必是代表了一位徒步旅行者。路上的草没有被人踩踏过的痕迹。

十一月。没有风，空气湿润。看到那几只獾，她感到很开心。不管她去不去石阵，反正它们总会在那儿呆着，想到这一点，她心满意足。小路上杂草丛生，路旁生长着古树，树干上布满了粗糙的、浅灰色的苔藓，树枝松脆，松脆然而坚韧，现在依然枝繁叶茂。到了一年中的这个季节，这些树木竟显得格外青翠。天气时常是阴沉沉的。大海就在不远的地方；白天，她从楼上的窗口望出去，偶尔看到过海。其他的日子里，通常难以见到大海的踪影。能见到的只有树，大多是橡树；有时候，也会见到浅褐色的奶牛正瞧着她，它们的神情既好奇又淡漠。

入夜，她能听到水流的声音；屋子的旁边，有一弯小溪在缓缓流淌。偶尔，她会从睡梦中惊醒过来。风向变了，或者风力增强了，溪水的潺潺流淌声便不再传来。她住在这里大约已经有三个星期了，某一种熟悉的声音突然消失，确实足以让人从睡梦中醒来。

2

车道旁边的那块田里，原本有十只胖嘟嘟的白鹅，过了一两个星期之后，只剩下了七只。另外的那三只，她只是找到了几片鹅毛和一只橘红色的鹅脚。剩下的七只鹅无动于衷地站在一旁，啄食着草叶。除了狐狸，她想不出还会有什么其他的掠食者，当然，如果有人告诉她，这个地区有狼，甚至还有熊出没，她也不至于感到惊讶。她觉得，鹅被吃掉了，自己是有责任的，她应该为它们的生存承担起责任。

就那条弯弯曲曲的土路而言，“车道”这个词是有点夸大其辞。那条路长约一点五公里，路面的有些地方零零星星铺上了一些碎砖或破瓦。沿着车道两侧的土地——草地、沼泽、树林——全都附属于这栋房屋，不过，她还没能弄清楚它们之间是怎么回事，主要的原因是这一带的地势高低不平。起码，鹅场是用了带刺铁丝加以小心防护的，可铁丝并没能保住它们的性命。曾经，有人在这里开挖了三个错落的水池，一个比一个略低一点儿，三个池塘的水均源自同一处隐蔽的泉眼。曾经，水池的旁边有过一间小木棚；而如今，木棚几乎仅剩下一个坍塌的棚顶，还有棚前一条已塌陷的板凳。

房屋正对的并非车道那一边，而是石阵（它并不在视线范围之内）的方向，再继续往前，远处就是大海。这儿的地势呈十分平缓的向下倾斜的趋势，从所有的主窗望出去，看到的就是这一片乡村。屋子的背后只有两扇小窗，其中的一扇在大卧室，另一扇在盥洗间。流经的小溪在靠厨房的那一侧。起居室里有一只烧木柴的大火炉，那里的电灯，她差不多整天都不会关掉。楼梯采用的是开放式结构，一边靠着侧墙，正对前门；前门的上半部就是一整块厚厚的大玻璃。楼上，有两间卧室和一个巨大的盥洗间，盥洗间里装了一个带爪式底脚的老式浴缸。从前的猪舍——里面估计从来都不曾同时饲养过三只以上的大猪——如今成了一间存放大量木柴和各类废弃物品的小库房。猪舍下面，有一间面积不小的地下室，至于它有什么用途，她还没怎么弄清楚。地下室是精心建造的，里面干净整洁，四周的墙壁涂抹的是某种黏土。进出地下室的水泥台阶旁边，开了一扇横向的长条窗，通过它，外面的光线多多少少可以照射进来。还有一道活板门，将它放下来就可以把地下室封闭起来；不过看样子，活板门已经许久都没有派过用场了。她正在一步步逐渐扩大探索的范围，慢慢了解她新近搬入的地区；那个石阵距她所住的房屋最多不会超过两公里。

3

屋子周边的区域。她已驱车去过一趟班戈[1]市，采购了一些东

1 班戈（Bangor），英国北威尔士一城市，自然风景优美。威尔士大学联盟中的班戈大学就位于该市，市中心有全英最古老的教堂之一——班戈大教堂。

西，不过，在这之后，她又去了一次离这儿更近的卡那封[1]镇。班戈虽说并不是一个很大的城市，但是对她而言还是有点过于热闹。市内有一所大学，既然有大学，那就意味着必然有大学生，可她根本不希望眼前出现哪怕一个大学生，尤其不想见到大一的新生。因此，班戈就被否决了。相比较而言，卡那封镇规模更小，不少的商铺都不开门营业，橱窗上用白色油漆涂上了“待售”两字。她注意到，为了打起精神，这里的店主们不时地互相走动，不是喝着咖啡就是抽着香烟。镇上的那座古城堡，其荒凉的程度堪比寒冬一月里的露天游泳池。乐购超市占地面积很大，店面宽敞，而且一直到夜里九点才打烊。她还是不习惯在狭窄的、高低不平的小巷里开车：每到拐角处都要踩下刹车，纠结着到底该左拐还是右转。

夜里，她睡在那间小卧室里，床垫就平放在地板上。跟大卧室一样，小卧室里同样有一个壁炉，但迄今为止她还没有使用过它。其实，她真该试用一次，哪怕只是检测一下烟囱是否通畅。这间屋子远没有她先前预料的那般潮湿。楼上，她最心仪的地方是楼梯平台，因为那儿有L形的木扶手、磨损的旧地板，还有一个窗台。偶尔，到了夜间，她会坐在窗台上，透过枯老的藤萝卷须，望向窗外的夜色，这时，她就会发现自己并不是全然孤单的：远处的某个地方，有灯光在闪烁。安格尔西岛[2]也在那个方向，你可以乘坐轮渡从安格尔西岛前往爱尔兰。轮渡会在某个固定的时刻启航，又会在

---

1 卡那封（Caernarfon），英国威尔士格温内思郡（Gwynedd）首府，靠近梅奈海峡（Menai Channel）西端，与盎格鲁岛隔海相望。旅游胜地，古堡和城墙保存良好，当地居民大多可讲流利的威尔士语。著名的卡那封城堡为威尔士亲王查尔斯王储所有，十分雄伟。

2 安格尔西岛（Anglesey），英国威尔士西北部一岛屿，威尔士第一大岛，英国第五大岛，隶属于安格尔西郡。位于大不列颠岛西的爱尔兰海中，与都柏林隔海相望，隔梅奈海峡与大不列颠岛相邻，有大桥与英本土相连，当地语言主要是威尔士语。

另一个固定的时刻入港。有一次，她还看到海面在月光下闪着莹莹的光亮，银白色的海水波平浪静。有时候，隔着厚厚的墙壁，她会听到鹅场方向传来模糊的鹅叫声。对此，她一筹莫展；她没有能力去阻止狐狸夜袭鹅场。

4

一天，她的叔叔走下了水池。她叔叔在一家饭店工作，那水池就在这家饭店偌大的前花园里，池水刚刚没到他的臀部。饭店的工作人员把他从水池里拽了出来，给他找来一条干爽的裤子，又把他带进暖和的厨房，安顿他在一张椅子上坐下（那时正是十一月中旬）。他们没有找到干净的袜子，就把他的鞋子搁在炉子上烘烤。事情就是这样，或者说，她所了解的情况反正就是这样，从来没有任何人详细地给她描述过当时的情节。只是说他走进了水池，在水里站了一会儿，他穿的是饭店的工作服，腰带以下的衣服都被水浸湿了。或许，他当时还略感惊讶，他原本一定以为池水比这要深一点儿。

现在，她只身来到这儿，这件事与她那位叔叔有一定的关联。起码，她的内心开始产生这样的疑惑。曾经有一段时间，她几乎没有一天不想起他；他站在饭店花园平静的池水中，这一情景时时在她的眼前浮现。他怎么会那么糊涂，竟然想不到齐腰深的水不足以把人淹死，哪怕想叫自己头朝下埋进水底也难以做到。他身上的每一只衣裤口袋里都塞满了东西，那是他在饭店的厨房里所能找到的最沉的物品。

已经有很长时间了，她都没有再想起她的叔叔。也许，此时此刻，身处这个人生地不熟的国度，她之所以又想到了他，是因为这里的现在恰好也是十一月份，或者是因为她感受到，一个人在不知道下一步该怎么办、不知道如何前行或后退的时候，会有多么的脆弱与无助。饭店的一个浅水池仿佛就可以代表一种静止，就像在原地踏步——既不是开始也不是结束，而是一种循环——过去、现在与无尽的未来就此停顿。因此，她感觉现在能够理解叔叔为什么就那样静静地站在水池中，却没有试图将脑袋埋进水里。一种静止。没有任何与肉体相关的联想：没有性欲，没有冲动，没有渴念。她住进这所房子以来，在过去的几个星期中，除了泡在那个带爪式底脚的浴缸中的时候，她从来没有要将手伸到两腿之间的冲动，一次都没有。她客居在这所房屋里，就如同她叔叔站立在那个水池中。

5

她把那间大卧室布置成了书房。更确切地说，她只是把那张被虫子蛀蚀的橡木桌推到了靠窗口的位置，她刚搬进来的时候，这桌子就已经在房间里了。她在桌上放了一盏台灯，台灯旁边摆了个烟灰缸，然后把那本《艾米莉·狄金森[1]诗选》放在烟灰缸的旁边。通常，在桌旁坐下之前，她都会将玻璃窗往上提一点，拉开一条

1 艾米莉·狄金森（Emily Dickinson，1830～1886），美国十九世纪著名女诗人，出身于律师家庭，青少年时期接受正规宗教教育，二十五岁开始弃绝社交，闭门不出，在孤独中写诗三十年，留下诗稿一千七百余首，但生前只发表七首。诗风凝练婉约，意象清新，被视为二十世纪现代主义诗歌的先驱之一。

缝。抽烟的时候，她把烟雾从窗缝里往外吹。呆在这个房间里，窗口的藤萝叶子让她感到很不爽，于是，有一天，她从猪舍里搬出那架东倒西歪、快要散架的四脚木梯，用刀将窗前的藤萝卷须给砍掉了。现在，她可以毫无遮挡地看到窗外的橡树、田野，还有——极其难得——大海，她也可以漫无边际地思考“书房”这个词对她来说究竟还有什么意味。她的身后是一张长沙发，她在上面盖了一块苔绿色的布，这样，沙发便可以为她所用了。沙发旁边的茶几上，她也放了几本书，但一个字都没有看过。她将狄金森的那幅肖像搁放在壁炉台的正中央，肖像镶嵌在一个从布洛克尔[1]零售店买来的相框里。这是一帧有争议的肖像，是一张达盖尔银版[2]照，曾经挂在易贝[3]网站上销售。

一道石墙将她的院子与边上的田野分隔开来，有时候，可以看到浅褐色的奶牛就站在石墙的旁边；它们似乎非常清楚她是站在哪一个窗口在观察它们。这是我的院子。我可以把院子打理一下，她这么想着，一根接一根地抽着烟。她很纳闷，这些奶牛是哪一家农户的？他的农舍又在哪里？对她而言，这种河溪纵横、树林丛生的丘陵山地，实在是太复杂、太难懂了。偶尔，她会把一只手搁在那本《艾米莉·狄金森诗选》上，用手指抚摸着封面上的蔷薇花。在卡那封的一家五金店里，她买了一把修枝剪和一把手锯。

---

1 布洛克尔（Blokker），荷兰零售商，主营玩具，中欧地区最大的玩具零售商之一。

2 达盖尔银版（Daguerreo type），又称达盖尔摄影法、银板照相法，由法国发明家、艺术家和化学家路易·雅克·曼德·达盖尔（Louis-Jacques-Mandé Daguerreo，1787 ～ 1851）于 1839 年发明。用这种方法拍摄出的照片具有影纹细腻、色调均匀、不易褪色、不能复制等特点。

3 易贝（eBay，中文名称还有电子港湾、亿贝等），一个宣称要让全球民众上网买卖物品的线上拍卖及购物网站。1995 年以 Auctionweb 的名称创立于美国加利福尼亚州圣荷西。2002 年，1999 年创立于中国上海、主营电子商务的易趣与 eBay 结盟，更名为 eBay 易趣。

6

屋子里的摆设，搬进来的时候该是什么样子，她也没去折腾。有几件家具、一个冰箱和一个冰柜。她买来了几块小地毯（所有的房间地面都一样，全部是光溜溜的宽条地板）和几个软靠垫。有一些厨房用具、几个炖锅、餐盘、一个水壶、几根蜡烛、两盏落地灯。起居室里那个烧木柴的炉子，她整天都开着。厨房里有一组典型的英式燃油炉具，为其供油的油罐嵌在侧墙和小溪之间，平时是看不见的，一簇竹子把油罐隐藏了起来，这个巨大的装置还兼作热水器。搬进来的那天，她发现餐桌上有手写的使用指南，一块平板石充当镇纸压在纸上。不管写指南的人是谁，反正人家最后祝福她："好运！"她略微思考了一下指南的作者可能会是谁，但很快便作罢，因为这毫不相干。她完全按照纸上写好的说明，一步一步按其操作。最后，当机器终于发动起来的那一刻，她也没觉得有什么惊讶。当天夜里，她就在大浴缸里注满了热气蒸腾的洗澡水。

只是那些鹅，它们倒有点奇特。那些鹅，她是不是也同时租下了呢？还有，一天早上，一大群黑色的绵羊突然出现在路边的那块田里，每一只羊的身上都有一块淡淡的白斑，每一只羊都拖着一条长长的尾巴，尾梢是白色的。在她的土地上。它们的主人又是谁呢？

7

她发现，通往石阵的那条小路——尽管她从来没有走到过比这更远的地方——继续前伸，在一个紧急转弯处与她的车道会合在一起。盘根错节的低矮橡树林中掩藏着一扇旋转小门，门上爬满一重又一重的常春藤。看那样子，必定已有不少年头都没人从这里走过了。小门的另一边，田里长满高高的棕色的野草。在某个地方，肯定有一所房子；顺着车道再往前去一点，一定还有一个鸡笼，鸡笼里无论白天黑夜必定都亮着昏暗的灯光。她用新买的修枝剪剪去了小门上的常春藤，又把靠近地面的几根粗梗给锯掉了。旋转小门还可以正常使用，她从猪舍里找来一把老式油壶，给门铰链上了点油。到这个时候，她才意识到这条小路原来与她的车道相连，经过她的院子，又从低矮的石墙那里穿过又一道旋转小门，再从田野贯穿而过，最后通往横跨小溪的那座小木桥。显然，这是一条公共步行通道。她隐约记得，在英国，这种步行道，土地的所有者拿它是没什么办法的。给铰链上过油之后，油壶依然在她手里拿着，她走到路上，然后向右拐。走过几百米后，她看到了那个徒步旅行者的符号，旅者的腿上长满了青苔。她不敢跨过栅栏，因为她生怕那栋还未曾谋面的房子会突然出现在她的眼前。这还是她第一次往右边走。卡那封在左边。她又往前走了一会儿，凹陷的路面略有抬升。大约十分钟之后，她到达一个丁字形路口。站在那儿，她第一次看见了那座山，这时才发现房子的背后有多么广阔的天地，而在这一刻之前，她曾涉足的区域又是多么的有限。就在这一瞬间，她突然意识到油壶还抓在手里。她摸了摸拇指内侧起的一个水疱，立刻返身往回走。那几只鹅冲着她大声叫唤，只要她从身旁经过，它们每次都是这样。第二天，她去了卡那封镇，在一家露天商店买了一幅地形测量图，比例为 1 : 25000。

8

一天夜里，气温下降，她决定试用一下自己卧室里的那个小壁炉。她必须将窗户打开，目的是为了把热气而不是烟雾放出去。虽说打开了窗户，房间里还是太热，她不得不赤裸着身子，躺在羽绒被的上面。她没有想起她的叔叔，眼前出现的却是那个学生，那个一年级的学生。她把两腿叉开，在想象中，她自己的双手变成了他的双手。过了一会儿，她打开电灯，不是主灯，而是床垫旁边地板上的那盏台灯。她的乳房在白色的墙壁上投下大得吓人的影子，而他的手更大。似乎是燃烧的木柴将房间里所有的氧气都吸走了；她禁不住气喘吁吁。尽管附近没有邻居，她还是不停地去看未挂帘子的黑洞洞的窗口，总觉得那儿有一双眼睛，在看赤身裸体躺在那儿的自己。一个充满情欲的孤居女人，沉溺于对往事的幻想，而那是一些她最好能够彻底遗忘的往事。那个纯净、轻盈而柔韧的躯体，强健有力的臀部，还有深深的锁骨凹窝以及高高突起的骨盆；那么的自私任性、那么的精力旺盛、那么的无所顾忌。不管是谁，只要他乐意，或者起码，只要他不嫌麻烦在墙边架起梯子，再将几根藤萝卷须往边上拨开一点，都可以透过没有遮挡的玻璃窗窥视房间里的一切。后来，她去了书房，在那里抽了根烟，身上依然是一丝不挂。她看到自己坐在那里，在寒夜中瑟瑟发抖。她把烟雾喷到自己的面前，想象着他就坐在自己眼前，身旁还有其他的学生，他只是许多学生中的一个。那是一张郁郁不乐的孩子的面庞，一个任性自负、自私自利的坏孩子，跟所有的坏孩子一样冷酷无情。

9

第二天，阳光明媚。这里的天气与她原先预想的完全不同。即使到了现在这个季节，已经快到年底了，依然寒风不起，而且温暖如春。中午前后，她去了石阵，那几只獾没有出现。对这一点，她并不觉得奇怪，她几乎可以断定，獾是只在夜间才出来活动的。她在那张刚买的标识详尽的地形图上，发现有一条绿色的虚线一直通往她的车道，并从她的院子中穿过。地图上甚至还标明了她那栋房屋的名称，而鸡笼所属的那所房屋其实离她这边还不到一公里；还有几处农舍也近在咫尺。地图上，石阵是用一种花作为标识的，旁边用古体字写上了“石阵”两字。那座山的名字叫斯诺登山[1]。这会儿，她在石阵这儿，隐隐感觉似乎有人在暗中观察她，可是在这之前，她还一直感觉好像是她发现了这个地方。她脱掉衣服，像冷血动物一样在最大的那块石头上平躺下来。石头温暖了她的后背，她

1 斯诺登山（Mount Snowdon），英格兰和威尔士的最高点，位于英国威尔士西北部，在格温内思郡（Gwynedd）境内，面临圣乔治海峡，最高峰伊尔怀德法（Yr Wyddfa）峰，海拔 1085 米。山体主要由板岩和斑岩构成，北坡陡峭，南坡较缓。山区降水丰沛，为不列颠群岛最湿润的地区之一，山上树林茂密，风景优美，是斯诺多尼亚国家公园（the Snowdonia National Park）的著名游览区，有齿轨铁路（建于 1896 年）可以通到顶峰。卡那封镇在斯诺登山的西侧。

不觉睡着了。

已经有几个晚上了，“哗哗”流淌的小溪不再能让她感到安宁：种种声音——木板发出的“吱嘎”声、动物（她希望是小动物）走动的“窸窣”声、从林中传来的几乎不忍卒听的哀鸣声——让她无法入眠；然而，只要醒着，她便忍不住胡思乱想。她又开始变得紧张、抵触与愤懑。她唉声叹气，辗转反侧，难以成眠。她不断地自问，她的身体到底怎么了？她也试图弄清楚究竟是哪个部位老是在隐隐作痛，令她难得安宁。持续的疼痛，但并不像她原先预料的那样疼到刻骨难忍的地步，而是好像有几十只又尖又细的鸟嘴在缓慢而不停地啄食，一路侵袭直至她的五脏六腑。也许，是她正在服用的扑热息痛，在她体内发挥出了良好的效用。她也开始感到焦虑。昨天夜里，她注视着自己在抽烟，却看到自己的脸变成了一个陌生人的脸：一个偷窥狂而不是镜中自己的影像。现在是十一月；到了十二月，白昼会变得更短。窗帘，面前的桌子上有一张纸，她在纸上写下了这两个字。这是她来这儿后写下的第一个词。她返回卧室，关上窗户，躺在床上，久久地凝视着光溜溜的窗玻璃。她的心怦怦地狂跳不止，仿佛她刚才在楼梯上跑了无数个来回。

刚醒的那一刻，她不明白脚头那儿发生了什么情况。她还以为是风，或者是金雀花。不管触碰她脚掌的是什么，反正那东西并不尖利。她分外谨慎地从石头上抬起脑袋，最先映入眼帘的是一根白色的条纹，那白色的条纹从黑色的斑块中间穿过并向两边延伸——她的第一反应是：黑绵羊的脑袋。她的两脚之间，有两只乌溜溜的小眼睛正在向上窥视，那只獾正直直地瞪视着她的腹股沟处。她脖颈的肌肉开始颤动，被刘海遮住的额头开始刺痛。那只獾瞅着她，可她不知道它是否真的能看到她，也不知道獾是否懂得眼睛就是眼睛。她一动不动，它也纹丝不动，但是，她后背最上面的那根椎骨一直抵在石头上，已经开始感到疼痛，这个姿势不可能维持太长的时间。随后，獾开始慢吞吞地往上爬，爬到了位于她的小腿与膝盖之间的石头上。它抬起身子，侧转脑袋，歪斜着鼻子开始嗅探，眼睛直瞪着前方。她猛一下跳了起来，同时用双手捂住了腹股沟。对于獾来说，这一惊非同小可，它一下子跃至空中，在半空中转体半周，试图逃离这是非之地。接着，獾掉落在她的左腿上，而她的脚挡住了它逃离的去路，于是它便对着她的脚背咬了下去。她倏地从地上抄起一根树枝，挥动树枝，重重地打在獾的背上。这一击用力是那么的猛，随着“喀嚓”一声脆响，树枝竟折成两截，她不由得倒抽了一口气。虽说尚处于极大的惊骇之中，她的头脑中还是闪过这样的念头：哦！上帝！但愿我没有把他打残。只见那獾翻滚扭动着身子，发出低沉的怒吼，随即便隐入金雀花丛不见了。几只鸟惊飞了起来。此后，一切又回归寂静。鲜血从她的脚背上流淌下来，滴在石头上，但并不是很疼。她心想：暂且让它流一会儿血吧。她再一次躺下来，石头不再散发出热气。她把一只手搁在腹股沟处；她的身体似乎重新回归了自己。奇怪的是，昨天夜里她怎么就没有这种感觉？同样奇怪的是，想到那只咬了她一口的动物，她怎么自然就用了“他”这个人称代词呢？

因为没有急救包，她剪碎了一件旧 T 恤衫，在浴缸中注入四分之一缸的热水，然后将左脚浸泡在水中，一直泡到脚上的皮肤起了皱，然后，她在脚上扎了一条布带子。后来，她从沙发旁边茶几上的那一摞书中抽出了那本《柳林风声》[1]，再次读到獾是一种多么粗野而孤僻的动物，这东西“就是讨厌与外界交往”。那天夜里，她的左脚开始了一阵阵的疼痛。

10

几周之前，渡轮准点停靠在赫尔[2]码头，她把手机丢在了客舱里，因此，她现在所能想到的最好的办法就是自己驱车前往卡那封的游客中心问讯处，去打听一下怎样才能找到医生。开车不是那么容易。她的脚背肿胀，鞋子穿不进去。想把牛仔裤穿上身也同样不现实，所以，她就穿了一条裙子。松开离合器时，脚下的踏板感觉像石头那么硬，又坚硬又粗糙。蒙蒙细雨从挡风玻璃上刮过。她想起起居室的炉子，不知道自己出门前是不是应该把炉子熄了。她担心卡那封的那位开业医生会不会已经离开小镇，担心他的玻璃窗上会不会也贴上了“待售”的字样。游客中心那些乐于助人的女士或许会把她送到班戈去的。

“是来度假的吗？”医生问道。

---

1 《柳林风声》(The Wind in the Willows，早期译本为《杨柳风》)，英国童话作家肯尼思·格雷厄姆(Kenneth Grahame，1859～1932)的经典童话作品，被数代读者公认为是英国少儿文学史上最富诗意的作品之一。书中主角为四个拟人化的动物：恭顺憨厚的鼹鼠、聪明善良的河鼠、老成持重的獾和骄傲鲁莽的蛤蟆。英国剧作家、童话作家和儿童诗人艾伦·亚历山大·米尔恩(A.A. Milne，1882～1956)将它改编成剧本《蛤蟆府的蛤蟆》，几乎每年的圣诞节在英国都会上演该剧。

2 赫尔(Hull)，又称赫尔河畔金斯顿，是约克郡东区的历史名城，亦是英格兰东北部的海港城市，现为英国一大货柜港。1981 年竣工的恒伯大桥(Humber Bridge)是目前世界上最长的单跨吊桥。赫尔交通便利，既有渡轮通往荷兰的鹿特丹与比利时的泽布吕赫，也有飞机飞往英国各大城市，火车到伦敦仅需三小时。

“不是，我住在这里。”她回答。

“是德国人吗？”

“荷兰人。”

“请问，你是哪儿不舒服？”医生是一个精瘦的黄发男子，他坐在诊疗室里一刻不停地吸着烟。

“我也可以抽烟吧？”她问道。

“可以。我们大家都总得有个死因吧。”

点燃香烟的时候，她在思考英语中的人称代词有其不尽如人意之处。这个男人口中的“你”在她听来未免有点不拘礼节，而同一个字从游客问讯处那个女人的嘴里出来又觉得有点一本正经，很像荷兰语中的字母“u”。听者必须根据对话的情形自己先进行判断，再作出相应的回应。她狠狠地吸了一口烟，竭力想摆脱头脑里渐渐浮现的那个一年级学生的形象。

“是脚不舒服吧？”

“是的，你怎么知道的？”

“我是看着你走进来的，你走起路来有一定的难度。再说啦，从门口进来时，大多数人可是两只脚都穿鞋子的。”

“我被獾咬了一口。”

“怎么可能？”医生一下就掐灭了烟头。

“可是，我的确被獾咬了。”

“瞎说。”

她看着面前的这个男人。他确实是这么想的。

“獾是温顺的动物。”温顺吗？

“你信教吗？”她问道。

他用手指了指墙上的一个十字架，十字架旁边贴了一张防范

HIV[1] 感染的招贴画，画贴得有点歪斜，上面有一个她看不太明白的晦涩的图案，还有两个字：出口。

“是啊，总有一天，这个镇上不会有别的动物，只剩下獾在四处走动。已经有人开始往别处移居了。只剩下獾和狐狸，或者连它们也干脆突然之间就死光了，这种可能性当然也是存在的。现在，你或许可以告诉我，你是怎么可能被这么温顺的小动物给咬到的呢？”

她在想，这一段话没有使用足够的人称代词，而是出现了大量复杂的动词结构。“我当时睡着了。”

“莫非那动物闯进了你的家门？你住在这个镇上吗？”

“我住在近处。我当时在外面，躺在一块大石头上。”

“那只獾是隔着鞋子咬了你一口吗？”

“你有这么多功夫问这么多问题，我倒是宁愿你赶紧看看我的脚。”

“今天上午反正也没什么人来看病。你的嗓音听起来有点沙哑。嗓子不舒服吗？”

沙哑？她听起来有点沙哑吗？“我可能有点发烧。”

“你是不是还感到疲倦？”

“疲倦极了。可是那个——”

“你当时没穿鞋子？”

“是的，没穿。我是说，我把鞋子脱掉了。”

---

1 HIV，人类免疫缺陷病毒（Human Immunodeficiency Virus），造成人类免疫系统缺陷的一种病毒。它会破坏人体免疫能力，导致免疫系统失去抵抗力，从而导致各种疾病及癌症得以在人体内生存，最后导致艾滋病（即：获得性免疫缺陷综合征）。该病毒于 1983 年在美国被首次发现时称为艾滋病病毒，1986 年世界卫生组织（WHO）将艾滋病病毒更名为人类免疫缺陷病毒。

医生朝她看了一眼，但没有再问什么。“让我看看吧。”他示意她去床边。

她单腿跳到床边，费劲地坐到床上，那床相当高。她把受伤的那只脚上的厚袜子褪了下来。

“天哪！”医生说。

“是的，”她说，“疼得厉害。”

他抓住她的左脚，小心翼翼地轻轻挤压；接着又用一只手摸了摸她的胫骨。“这儿也有抓痕。”他说。

她竭力想抑制住从喉咙处往脸上升腾的红晕，可她知道那是无济于事的。“是的。”她简短地答道。

“是獾抓的？”

“是的。”

他揉了揉她的膝盖。“不只是没穿鞋子啊。”

“虽然已经到了十一月，这儿的阳光还是很强烈。”她说。

“我们这儿气候宜人。”

她叹了口气。

“其他还有什么问题吗？”

在回答这个问题之前，她再一次环视了一遍这间诊室。“没有。”

“你能确定吗？”

“你为什么会这么问？”

“人们到我这儿来，可不是因为眼睛里落了一点灰尘，而是拿它当借口，真正的目的是要顺便提一提他们满身的疼痛和疾病。”

她注视着墙上的十字架。跟海报一样，十字架也稍稍有点歪斜。终于，医生的手从她的膝盖上移走了。

“如果你能确定你是被獾咬了，那我就需要给你注射破伤风预防针。”

“确定是獾咬的。”

“伤口不需要我来处理。每天用热水浸泡两到三次，水中倒入一两匙小苏打粉并充分溶解。这是一种古老的疗法。我再给你开一点抗生素。”

打针的时候痛得要命。扔掉小药瓶和注射针之后，他立马又点上了一支烟。他把香烟咬在一边的嘴角，眼泪从一只眼睛里淌下来。他给她开了处方。“你知道药店在哪里吗？”

“不知道。”她回答。

“离这儿六幢房子。”他看一眼手表，“药店这会儿还开着。”

她站起身，接过处方。“谢谢你。”

“如果四天之后，伤口还不见好转，再来找我。”

“我会的。”

“要小心防备那些獾。”

“是的。”

“獾和狐狸。要是被狐狸咬到也很糟糕。”

“狐狸们忙着与我的鹅打交道。”她说。

医生开始咳嗽起来。

我的鹅，去药店的路上，她想起了方才说的话。它们怎么一下子成了我的鹅？单脚跳太难了：要是在家里，她可以把袜子挂在火炉前，如果袜子上有个破洞，就可以把它扔掉。一对年轻的情侣朝她这边走来，两人搂着对方的腰大声地说笑着。经过她身边时，女孩看了她一眼。只有那种沉醉于眼前的幸福之中、自以为旁人都该分享她们的幸福、自以为已经拥有了整个世界的女孩子，才会用这

样的眼神看人。简直令人讨厌：纯粹的幸福转瞬之间就会变了味道。分享我的快乐吧！那女孩笑意盈盈，而她无比冷漠地迎着女孩的目光，对那个男孩子则是视若不见。比自己年轻一半的女孩在跟前如此招摇，这根本就叫人忍无可忍。几秒钟之后，她推开了药店的门。柜台前没有人排队。

除了医生给她开的抗生素，她还买了个全套急救包、五盒扑热息痛、一支护手霜、一管牙膏和几支止咳药水。“来度假的吗？”柜台里面的女人问道。

“不是。”她回答。

“是德国人吗？”

“不是。”

“脚疼，是吗？”

“是的。”

药剂师的助手默默地做完了这笔交易。

雨还在下。她非常缓慢地开车回到住处。

11

那天晚上，她一侧的胳膊几乎无法动弹，脚上还是一阵阵疼痛难忍。她先把几个土豆煮熟，再在土豆中加入几片洋葱和五瓣大蒜煎炒了一下。吃晚饭时，她喝了两杯葡萄酒。她本来还想再喝一点，但想起曾听人说过，酒和抗生素不宜放在一起吃。这一点，那医生没有提起，那倒也并不奇怪，他呆在那间墙上挂着十字架的诊疗室里忙着玩命一般抽烟呢！吃过晚饭，她就像个老太太一样，一只手无力地搭在楼梯的扶栏上，拖着一条腿吃力地爬上楼梯。这个时候，暮色渐浓，但仍有微弱的光亮透过两扇窗户进入房间，她在书房的沙发上躺下来。花儿，她心想，这房间需要有一些花，有部电话也会比较方便。獾已经咬伤了她的脚——说不准她还会摔断双腿；医生也没有提起手臂可能会僵硬。还有收音机，这儿太安静了，她甚至能够听到每一片雨帘从窗上飘过时发出的淅沥声，其间还夹杂着竹子蹭刮到屋边油罐所发出的声音。

她点燃了一根烟。

她躺在那儿。这个不要脸的婊子。

今天是十一月十八日。

12

英语系的每一个布告栏，她的丈夫方才都已看到了。在两间办公室之间的墙壁上，一个死角的位置，他又发现了一张纸条，纸条有一半被一沓考试成绩表遮住了，那上面的内容跟他手里那张一模一样。我们“尊敬”的翻译学讲师随便跟人胡搞，她与她心爱的艾米莉·狄金森根本不是一路人。她是个不要脸的婊子。他意识到，同样的纸条一定张贴在更多的布告栏上，他朝她的办公室走去。大学的办公楼里，狭窄、幽长的走廊里悄然无声。办公室的门上，有他妻子的名字和他曾经听她提起过的一位同事的名字，下面是一块新贴上去的塑胶板，板上印的是一个男子的名字及其职务：翻译学，讲师。他有点犹豫，他不敢想象她所有的东西都已经从这里清理出去了。电脑、书籍、笔记——这些东西一定还在这儿吧？据他所知，她已被解聘，不再担任学校的讲师，不过，他们或许还会允许她继续使用这间办公室，让她完成学位论文。他走了进去，办公室里空无一人。很快，他便回到走廊里，开始大声呼叫。两个男子拿起卷盘上的灭火软管，将火扑灭，火势被控制在这间办公室没有蔓延。十分钟后，消防队赶到，不过这时已没有他们什么事了。那位丈夫平静地等待警察的到来。

学校最近的警察局，那张纸条就放在侦讯室的桌子上。之前，他已承认火是他放的。询问进行到一半的时候，他从裤子后袋中掏出了那张纸条。“我要拧断他的脖子。”他说道。

“那是不允许的。”给他做笔录的警察说。

“那我就割掉他的鸡巴。”

“那是绝对不允许的。”警察问他，他的妻子现在在什么地方。

“我不知道。她走了，就这么回事。开车走的，棚屋里的拖斗也不见了。”

那他现在是不是就没有交通工具了？

“不，我们有两辆车。”

他有没有尝试联络她？

“你们以为呢？我当然尝试了！可她的手机一直都是忙音。”

家里有没有发现少了什么东西？

“她所有的衣服，还有一张小茶几。说实话，茶几丑陋透顶，这东西不见了我倒很高兴。一张床垫、几床羽绒被。还有台灯！零零碎碎的各种物品。有书本、不少床上用品、艾米莉·狄金森的一帧肖像——”

“谁的肖像？”

“一位美国女诗人。她在写她，做一篇博士论文。要我说的话，确实是有点晚了，但她显然是在研究，想证明点什么。全能的主啊！”

他们有孩子吗？

这时候，这位丈夫第一次也是唯一的一次垂下了目光。

他们的夫妻关系怎么样？

“这关你什么事？我究竟是为什么来这儿的？”

警察提醒他，他在一所大学的某栋办公楼里犯下了纵火之罪。

“那又怎么样！你只管干你的本职工作，别来管我的私生活。”

警察最后问了他一句，是否希望把他离家出走的妻子登记为失踪人员。

丈夫抬起头来。“不，”他考虑了好一会儿之后，才答道。“不，不要这么做。”

想不想喝点咖啡？

他看着警察。“好的，”他说，“谢谢。”他喝咖啡的时候，警察一直耐心地等着，脸上的表情温和而友好。接着，丈夫说：“单人的。”

“什么？”

“她带走的是单人床垫。”

13

她一直期待着会有人登门拜访。那些鹅是有主人的，路边的黑绵羊同样也有主人。不管怎么说，终归会有人来访，要是来者是个迷路的徒步旅行者，那该有多好啊！一想到有这种可能，她的内心就满是焦虑与不安。几天之后，她的脚不再阵阵疼痛，她能看到伤口在渐渐收缩。虽说刚刚被咬伤的那会儿，她几乎不敢去看那个伤口，不过现在，每次泡过苏打水后，她都会一边等脚上的水挥发，一边拿拇指在发痒的齿痕处轻轻揉摸几分钟。酒精和抗生素互不相容，不可同时使用，除此之外，她还记得听人说过，治疗必须满一个疗程，所以她还是继续服药。现在，她还是感觉上臂僵硬，倒是比脚还不舒服。雨下个不停，不过仅是绵绵细雨；出门的时候，她甚至都懒得披上外套。有一个星期天，她听到了几声尖利的汽笛声，至于汽笛声是哪个方向传来的，她却无法判断。她拿出地图，发现离此处不远有一条铁路线，就是威尔士高原铁路公司新开通的线路。卡那封镇的旁边，有一张老式蒸汽机的图片。显然，这趟火车只在周末运行。

14

饭店的同事把她叔叔从水池里拉上来之后没几天，他就着手打一个橱柜，更确切地说，其实是一套组合柜。“你看，”她的母亲对她父亲说，她父亲是她叔叔的兄弟。“你看，人就是这样，你总得做点什么。你开始动手，就做起来了。”他花了几个星期的时间，是几个星期的休假，因为饭店的管理部门跟他说了，让他等“觉得好了”再回来上班。锯木钻孔、拧转螺丝、打磨砂纸、着色上漆；端坐在椅子上，细细打量自己的作品。完工之后，他有一点点故态复萌的苗头。“我真担心他会把柜子拆卸了，然后从头再来，”她妈妈说，“不过，他没有这么做。”

15

看到攀附在房屋正面外墙上的藤萝，她特别想给收拾一下，便一时冲动买来了修枝剪和手锯。修剪常青藤萝，这可真是一件心情愉悦的事。她站在屋里，透过前门上部的玻璃，凝望着小溪与低矮石墙之间的那块长方形草地，有时候，浅褐色的奶牛会聚集在矮墙的后边。小溪的岸边，长着几丛茂密的灌木，还有几棵形状怪异的大树。房子的正前方，一片草地向前延伸，草地的尽头是一条砾石小道，小道不算太窄，边缘参差不齐。不对，那上面的不是砾石，这还是在她第一次走出屋子，跪在地上时才发现的。那是细小的石块，由此，她意识到屋后的那个灰色土墩其实也不是灰土墩，而是一堆碎石子。她轻轻地揉着左边的胳膊，走回屋内，套上那条最旧的长裤。她来到盥洗间，在那一板扑热息痛上抠出了两粒药，喝了一大口水将药冲服下去。

她来到猪舍，找到一把锈迹斑斑的铁锹和一把锈蚀更重的干草叉子。她把铁锹和叉子倚在那堵矮墙上，修枝剪放到矮墙的顶上。蒙蒙的细雨渐渐变成了淡淡的薄雾，仿佛是天空的一片乌云降落到了地面。她叹息一声。她以房屋正面墙壁的几个点为基准，朝前跨五步，然后在地面上放下一段木柴：最后的那段放在碎石路上，其他的木段都放在草地上。她先将铁锹插进土里，然后尝试着用未受伤的那只脚将锹踩得再深一点，但旋即便放弃了。这么做毫无意义，她需要木屐。木屐与手推车、细绳与短木桩。她又将铁锹搁回到墙边，她闻到一阵浓烈的牛粪臭味。她默默告诫自己，我必须仔细观察，认真思考。这样就一定能成。只要我愿意——真的很愿意——我甚至能够打出一套组合柜，这种活儿只需按部就班地去做便能做成。眼下，该做的活儿已经做完。她拿起修枝剪，绕到房子的侧边。那里，有几根竹子几乎碰到屋顶。她开始修剪竹子，把它们剪到齐肩的高度。半个小时之后，她回头看着身后的那一堆竹竿，意识到她可以将木桩这一项从购货清单上划掉了。她还在厨房的墙上发现了一扇小窗，那是她在屋内从没看到过的。从出门直到现在，她今天一根烟都没有抽，她马上会发现，现在想把右手抬高到嘴巴的位置都困难了。

那天的晚些时候，那片乌云升上了天空，太阳破云而出。她手拿修枝剪，慢慢往石阵走去，一路上剪去挡路的枝枝桠桠，还扯掉了缠在旋转铁门上的常春藤。这条小道看起来愈发像是一条真正的小路。到了石阵后，她并没有坐到那块最大的石头上，而是继续沿着原来的方向往前走，来到了一道栅栏前。这儿很潮湿，真的很潮湿，如沼泽一般。一块块小小的洼地之间，生长着一簇簇浓密而粗劣的杂草。小路径直穿过这一片点缀着一块块岩礁的沼泽地，通往一道看似天然的堤岸。明天再说吧，她思忖着。她在地图上是看到过一大片水域，矩形的，似乎是人工开挖而成的。

她双臂环抱膝盖，纹丝不动地坐在石头上，等待着。獾没有出现。两只黄色的蝴蝶在金雀花丛的上方翩翩飞舞。两只蝴蝶，她在心底说。两只蝴蝶在正午出游，/在小溪的上空跳起华尔兹[1]。一阵

1 摘自《艾米莉·狄金森诗选》。

强烈的乡愁如同一股巨浪向她袭来。这样的情形之前也有过几回，在卡那封镇的大型乐购超市内，尤其是在超市的冷藏货架之间，她也曾经有过这种情绪，不过都没有这一回这么浓烈。她竭力克制自己，可是此时此刻，在这个阳光灿烂、蝴蝶起舞、金雀花开的地方，她难以抑制对德皮杰普[1]街区的怀念。它异常清晰地浮现在她的眼前：街头的树并不高大，路上的轿车无论车头还是车身均呈圆弧形，孩子们穿着针织衫，裤子的膝部一律缀有皮草拼色块，家家户户的门前都有陡直的楼梯，圣人马丁[2]的糖果散发出醉人的甜味——圣马丁节[3]！刚刚过去一个多星期。她松开膝盖，伸直双腿，抱住肚子，身子向前倾俯。

没过一会儿，那只獾慢吞吞地从金雀花丛的底下钻了出来。

16

当她捧着一大把丛生草从石阵那儿回到住处，一眼就发现前门上贴着一张纸片。顺道拜访，可是家中无人。我会再来的，也许明天就来。里斯·琼斯。字条是用一片口香糖粘上去的。

她转过身子，望着面前的草坪，那是她心目中未来花园的地方。这个，我可做不了，她心想。我都不知道这些灌木是什么名

1 德皮杰普（De Pijp），荷兰首都阿姆斯特丹一古老街区，通常称为南区老城，又叫作烟袋街区。

2 圣人马丁（St Martin，？ 316～397），法国的主保圣人，图尔的主教（372～397）。据说青年时代曾是罗马士兵，圣洗后变成僧侣。据传他为人友善，生活俭朴，有次在途中遭遇暴风雪，见到一位生命垂危的乞丐，便毫不犹豫将身上的大氅撕成两片施予乞丐，当晚，他梦到基督穿着他送给乞丐的半片大衣。

3 圣马丁节（St Martin's Day），在每年的 11 月 11 日，用于庆祝神圣的马丁之旅。盛行于欧洲，庆祝国家主要有德国、奥地利和荷兰等。那天，人们吃烧鹅，化装上街游行，唱圣马丁歌。

字，也不知道里斯·琼斯是什么人。我该怎样做才能保护那七只鹅不被狐狸吃掉？她扔下手中的修枝剪和丛生草。太阳早已下山。预感是草坪上长长的阴影，/表明太阳们正在落下；/通知那受惊的小草/黑暗即将经过[1]狄金森也曾见到过她此时此刻见到的景象。思乡的浪潮已经退去，她走进起居室，倒了杯红葡萄酒，又把几个靠垫抖拍蓬松，然后在靠近木柴火炉的位置坐下。她点燃一支烟，这烟的滋味怎么像是她多年前点燃的第一支烟。天色渐渐昏暗，过程非常缓慢，仿佛光线是纤细的灰尘被渐渐地吸出窗外，这感觉让她有点儿眩晕。她点起几支蜡烛，往火炉里添了三块木柴。她什么都没有带来，什么都没有，只带来了诗词，这些诗词必须支撑着她度过这一关。她忘了吃晚饭。

17

第二天上午，她被扔在地上的那把丛生草绊了一跤。她一边诅咒着，一边把草插入一个大玻璃花瓶里，那是她在厨房的碗柜里找到的。那把修枝剪，她还是没捡。她把拖斗挂到车后，就发动车子开了出去，也没去管车子开往的是什么方向。反正，这是英国，迟早总会遇到个花卉商店。大约过了一个小时，她发现自己的车开到了一个名叫文沃尔[2]的村庄。这里没见有花卉商店，倒是有一家面包房。她买了面包、饼干，还买了个奶油蛋糕。她跨进面包房时，

---

1 摘自《艾米莉·狄金森诗选》。

2 文沃尔村（Waunfawr），英国威尔士西北部一村名，位于格温内思郡（Gwynedd）境内，靠近斯诺多尼亚国家公园（the Snowdonia National Park），在朗日（Llanrug）之南。

看到了远处的那座山，虽说山看着很是眼熟，但对于自己目前处于什么方位，她可是一点头绪都没有。为保险起见，她跟面包店店主提起了她住的那栋房子的名字。

“你难道不知道自己在什么地方吗？”他问。

“不知道。”她回答。

面包店老板没说什么，只是轻轻摇了摇头。

“我方向感很差。”

店老板看了看停泊在店门口的那辆汽车。“车子发动后，顺着这条路一直往前开，开过一英里之后向左拐，然后再左转。”

“这么近吗？”

“就这么近。以后就来这儿买面包吧。”

“你说什么？”

“从今往后就来这儿买面包，你知道我们在哪里了。”

“那当然。”

“星期天上午我们照常营业。”他扭过头去，对着一扇开着的门喊道：“阿文！”

面包店老板娘从拐角处探出脑袋。

“这是新来的顾客，她就住在埃文斯老太太的房子里。”

“哦，太好了，”老板娘说，“你好，亲爱的。”随即她又不见了。

“谢谢。”她朝店门口走去，“你或许知道这一带哪里有花卉商店？”

“班戈。知道那地方在哪里吗？”

“知道。”

“那好。”

“再见。”

“等你吃完了面包，再见。”

“好的。”

“是德国人吗？”

“不，绝对不是。”她走出面包店，把刚买的东西放到汽车后座上。她环顾四周：几栋房屋，几座小山，一个十字路口。即使是斯诺登山也不足以让她弄清自己所处的方位。“该死。”她对着斯诺登山说。“我得先回一趟家。”此刻，面包店老板占据了窗口的位置，他正站在那里，一只胳膊像指路牌一样伸向一边。他身上唯一在动的就是那只手，用食指指点着方向，而手则如发条玩具一般地上下摆动。她点点头，把衣领稍稍往上拉起一点，以遮住咽喉处发烫的红晕，然后赶紧钻进了车子。

拐弯开上车道后，她立马就注意到田里空空如也。一个急转弯之后，她才看到了那些黑绵羊，这回，它们比平时离她的住处近多了。七只鹅挤在一块“嘎嘎”地叫着。她踩下刹车，下了车。是六只。虽然它们紧贴着围栏，她还是又数了一遍，这一遍数下来鹅的数量依然没有超过六只。若是以这种速度发展下去，到圣诞节估计就一只都不剩了。

前门上，原来的纸条不见了，取而代之的一张新的纸条。再次造访。我的绵羊换了地方。我会再来的，明天上午9:00。里斯·琼斯。好吧，她鼓起勇气。一个养羊的牧民，还约定了具体的时间。我买了个蛋糕。

她捡起地上的修枝剪，走进厨房。地图依旧平摊在桌上；她没有再把它折叠起来。她找到了文沃尔村的位置。很近，近得难以置信。她弓着背，双手手指伸展撑在地图上，她就保持这个姿势在桌前站立了一阵。地图上，表示步行线路的那些绿色虚线似乎全部与她的车道、与她的地盘会合到一起。她心想，那座山，我必须关注斯诺登山，只有这样，我才会知道自己身在何处。

18

那天下午，她不单买了一辆独轮手推车，一卷绳索和一双花园木屐，她还在拖斗里放入了一卷带刺铁丝、一把锤子外加一些钉子。迪克森花卉中心没有学生，但那儿有上了年纪的老太太和已经退休的男人，他们的身边围着满心欢喜的孙儿孙女；还有手里攥着一长串购物清单的顾客，清单上潦草地记录着所需购买的物品，这些人做事一向都是滴水不漏的。伴随着舒缓轻柔的古典音乐，人们在货架间缓缓穿行。哗哗的喷泉和精美的水景设计同样叫人舒心。其实，她并不需要在里面逗留这么长的时间。在咖啡驿站，她点了杯咖啡，卖蔷薇花的地方去转悠了两趟，买了三株开花的室内植物；记得三十年前，她爷爷奶奶的窗台上摆的就是这种花。她又买了一把质量更好的修枝剪；先前在五金店买的那把已经有点松动，刀口也钝了。一个神情腼腆的红色鬈发小伙子帮她把手推车放进挂斗。她正准备上车，他伸出一只手与她握手告别。她想不起来该说什么才好，只说了句："谢谢，你真友好。"小伙子一句话都不说，只是咧嘴笑了笑，然后帮她关上了车门。从后视镜中，她看到他目不转睛地目送她驱车离开。

那天下午，她没去打理她的新花园，而是用手推车把那卷带刺铁丝运到三个水池旁边。六只鹅正站在那儿，等候着她的到来，可是待她穿过那扇小门，走进鹅场，它们却又跑开了。她心想：它们似乎对我有所期待；可是，期待什么呢？她用一只脚——受伤的那只脚去试探——鹅棚已经倒塌，她在其不同的部位蹬一蹬。棚顶覆盖着涂了柏油的薄板，她抽掉了几块木板后，棚顶便呈三角形趴在地面。对于这几只鹅来说，空间太大，有点浪费。她展开带刺铁丝，这会儿，她才意识到必须有工具才能将它切割断。跟先前一样，她还是在旧猪舍找到了可用的工具，她带着一把锯子、一把大钉钳和一卷细电线，顺着车道走回鹅棚。首先，她把三角棚的背面封住，然后将带刺铁丝固定在适当的位置，将它紧紧地钉在还未彻底朽烂的木板下面。你得仔细观察，认真思考，她默默告诫自己。如果我能干成这个，我也能够打出组合壁柜。那几只鹅注视着她，发出轻轻的叫声。这时，隔壁田里的黑绵羊已经来到了靠近鹅棚的地方，它们中的大多数现在顺着围栏一字儿排开。她从上衣口袋里掏出一包香烟，点燃了一支。一只体型巨大的鸟，是棕红色的，俯冲进入了沼泽地中的那处小树林，停落在一棵橡树的枝头，面对向她。“是你吗？”她用英语对它大声说，似乎她觉得要是她说的是荷兰语，这儿的鸟就会听不懂。那鸟儿凝视着她，漠然不动。她将抽了一半的香烟扔进了三个水池中的一个。

鹅棚的正面，她采取的是不同的处理方式。她先把木板锯成合适的尺寸，再用锯好的小木块将三角形的顶部给封住，在木块与木块之间，留出宽宽的空隙；没有足够多的结实可用的木块了。带刺的铁丝网有一百二十厘米宽。她再一次走回猪舍，这回的目的是寻找U形钉。U形钉，她也找到了。她把带刺铁丝放在地上拉直对齐，将三角形多出的那部分翻折至棚顶一侧的下面，再用锤子敲入U形钉加以固定。做完这些后，她没了头绪，不知该如何继续。她退后几步，默默打量鹅棚。她仔细地观察着，用心地思索着。她真想就此放弃，她身体里的每一个细胞都在对她说：停下来吧，别去管它。回屋里去，喝杯酒，抽根烟，把身体浸泡在注满热水的浴缸里。还剩下两块不错的木条，短的那根竖立在地里，长的那根横躺在地上。她心里说：把这两根木条处理好之后，我就能想出办法怎样把最后的那一点带刺铁丝围好，反正必须把它弄成鹅棚的出入口。千万不要放弃。她将两块木条按照合适的角度钉在一起，又在某个角度钉入一片木块起支撑作用，然后，她把这个支架竖起来，靠在鹅棚前面，随后又爬进棚里，用U形钉将带刺铁丝固定到木头上。由于没有东西固定住横向的那根木条，要想把东西弄进去难度还真不小。“该死。”她咒道。必须有个东西在后面抵住木头，于是，她又从棚里爬出来。她环顾四周，水池旁边有一些大石块，它们太沉了。手推车，翻个身，让它底朝天。她用手推车顶住木板，再次进行尝试。手推车开始慢慢往一边滑去，不过，她在锤击时动作尽可能做到轻柔，因此，最终还是将U形钉敲入了木头。她不仅胳膊酸疼，感到脚也酸疼。她一边诅咒，一边从鹅棚里爬出来，一边心里还在嘀咕：自己究竟在忙些什么。她把推车推到一旁，将它翻回到正面，开始审视起自己的劳动成果。看上去还算牢固结实。她心想，相当牢固，足以把狐狸挡在棚外。体型较大的禽类肯定是进不去的。下一步，她只需再想出个办法，把最后的那个口子封上就完事了，但是，又不能将口子永久性封死。还剩下十来只铁钉，她将其中的六只敲进了棚顶，铁钉与铁钉之间相距二十公分，正对着的是棚顶的另一边，也就是刚才用U形钉固定住的那个三角。她将电线剪成小段，再把小段电线缠绕在带刺铁丝上，其间距同样也是二十公分。她先确保这些电线与那六只钉子基本对齐，这才把多余的带刺铁丝给修剪掉。“该死。”她又说了一遍。她的身上有股难闻的鹅屎味，两只手都在淌血。

鹅不肯合作，不愿被赶进棚子。它们要么成一列纵队朝着反方向跑去，要么就是四散而逃，似乎它们也知道六只鹅分成六个不同的方向就难以掌控了。毗邻的田里，绵羊们依然不为所动，大多数都在安静地吃草，有几只偶尔抬头看一眼。她气喘吁吁，抓起几块卵石，朝着鹅的身边投掷过去。“不知好歹、肮脏污秽的东西，臭气熏天的、愚蠢固执的家伙！”她喊道，“该死的！我是想救你们的命！”她决定再尝试一次，最后一次，这一回，一定要做到心平气和。鹅站在最大的那口池塘边，离棚子很近。她点着一根烟，坐在草丛里。鹅“嘎嘎”叫了几声，其中的两只喝了几口水。别太着急，她提醒自己，我要让它们先熟悉我习惯我。她起身，张开双臂，香烟咬在唇间。那几只鹅不急不忙，一窝蜂离开了水池，从鹅棚门口经过。她停留在原地，鹅也停住了脚步，站在离弯折的带刺铁丝有四、五米远的位置。“进去吧，”她轻声说道，“进去吧，别怕，那里安全。”她听到自己说的是英语，还想，我必须拦住它们，要非常的心平气和。她尽量放轻脚步，蹑手蹑脚地绕到鹅的背后，满心以为这一回必定能够大功告成：它们一动不动地站在那儿，肥嘟嘟的身子挤靠在一起，只有脑袋和脖子在四处转动。她走向鹅棚，双臂依然张开。好了，她心想。好了。烟雾袅袅升起，飘进她的眼睛，泪水顺着脸颊滑落下来。

就在那一瞬间，有一个东西从她的头顶掠过，离得是这么近，她甚至感觉到风从她的发梢簌簌吹过。半秒钟后，只见那只棕红色的大鸟振翅飞起，从屋顶上方滑翔而过，随即便消失在树林中。到这个时候，鹅群早已跑到了鹅场最远的那个角落，几根白色的羽毛飘落到了地面。她跪倒在地，身子歪斜着瘫倒在湿漉漉的草地上。“我在做什么？为什么？”她轻声问自己。她吐掉嘴里剩下的半截香烟。“我根本就做不到。”

几个小时之后，她躺在带爪式底脚的老式浴缸里。她仔细察看自己的手指，然后抬起左腿，揭掉了脚背上结的痂。浴缸尾部的水变成了淡淡的红色。“这个，我能做到。”她说。她从浴缸里出来，擦干身子。洗脸台盆上方的小镜子蒙上了一层雾气；她的脸蛋和上半身在镜子里就是粉红色的一团。她吃下两粒扑热息痛，把毛巾搭在楼梯平台的栏杆上，旁边是湿衣服。书房里的壁炉已经生起了火，橡木桌上的台灯也拧亮了。她站在壁炉前，大腿和小腹的皮肤感觉一阵紧张。她的双手在自己的胸部轻轻抚摸，她的双眼直视着艾米莉·狄金森乌黑的眼睛。“你当然没问题，”她说，“因为你死了。”

19

她的手机遗忘在了轮渡上。几天之后，她才意识到，一直以来，她都把手机用作手表和日历。日记簿，她倒是随身带着的；要是真的愿意，日期她是可以推算出来的。没有钟——厨房墙上的那只挂钟也许老早以前就不走了——在她不是问题。反正饿了就吃，困了便上床睡觉，当然，每次临睡前都得先服用一片扑热息痛。不用闹钟。

第二天早晨，她下了楼，前门敞开着，她可以径直穿过前门走到屋外。天已经亮了，光光的脚丫下面，草是湿漉漉的。这是天空恢复的日子 / 那古老的，古老的六月的诡辩，—— / 一个蔚蓝和金黄的错误[1]。她也说不清楚这几句诗怎么就从自己的脑海中蹦了出来。十一月份，依然如此温暖宜人。也许，这温暖是虚假的。蔚蓝和金黄，但这是一个错误。门口有两只橡胶靴子。她转过身来，没有关门。那个男人正坐在餐桌旁，俨然一副每天早晨都会过来串门喝杯咖啡的模样。桌上的地图已被他折叠起来，这会儿他正用手指轻轻叩击桌面。

“Bore da[2]。”他开口说话。

“现在是几点钟？”她问道。

他伸出拇指，往身后一指。

她看了看厨房的钟：九点十三分。她回想不起来，过去的几个星期里，那钟一直停在哪一个时刻。

“你在这里已经有一会儿了吗？”

“是的。”

这会儿，她身上唯一的衣服就是那件当作睡袍的宽宽大大的 T 恤衫，它只够到她膝盖上面。现在跑回楼上是不是来不及了？

那男人站起身来，向她伸出一只手。“我是里斯・琼斯。”

假如他没有站起来，她完全可以借故不跟他握手。她一只手把

1 摘自《艾米莉・狄金森诗选》。
2 威尔士语，意为“早上好”。

T 恤衫的领子稍稍往上提，另一只手伸了出去。“早上好。”她回答，但是没有自报家门。她往咖啡壶里注满水，倒入咖啡，将大炉灶上的一个炉盖揭开。她听到那农夫又坐了下去，椅子发出“嘎吱”的响声。

“坚固耐用，那玩意。”他说。

她望着窗外。“要加牛奶吗？”她问，依旧背对着他。

“要的。请加牛奶和糖。”

她揭开另一个炉盖子，从冰箱里取出一个塑料奶瓶，把牛奶倒入一个小煮锅。餐具盘就在操作台上，她从餐具盘里拿起搅拌器。她发觉自己的手在微微颤抖。“我得上楼去。”她说，身子却一动没动。

那男人没有反应。

“我得上楼去穿衣服。刚才睡过头了。”

“如果是因为我，那就没有必要。”里斯·琼斯回答。

她返身面对他。“你来的时候，门没有上锁吗？”

他伸手从裤子后袋里掏出一把钥匙，放在地图上面。“我有钥匙。”

“今天，你会把钥匙留在这儿吧？”

“如果你希望如此，可以。”

“是的，我希望如此。”她又回过身去，用搅拌器搅拌牛奶。她感觉到，随着搅拌的动作，自己的臀部在薄薄的 T 恤衫下面微微晃动。“还有蛋糕。你是否希望就着咖啡吃块蛋糕？”

“那太好了。”

咖啡壶开始发出“噗噗”的响声。“那些操作说明是你写的吗？”

“是的。”

“看来，你写得很详尽。我现在会操作这些设备了。”

“油罐是满的，足够你用好几个月的。”他把地图轻轻推到一边，“埃文斯太太觉得我手里留把钥匙比较好。”

她将咖啡倒入两只马克杯，又往其中的一只杯子里加入牛奶，然后从冰箱里取出蛋糕，切下两片摆到盘子上。她把蛋糕和咖啡轻轻推到他的跟前，落座之前，还尽可能悄悄地让 T 恤衫的下摆紧贴住大腿。

里斯·琼斯的长相很像漫画上看到的威尔士男子：宽宽的脸盘、浓密而油腻的头发，泪腺发达、胡子拉碴。她觉得她能隐隐闻到一股羊膻味，当然那也可能是昨晚的啤酒味。他右手的拇指指甲颜色青紫，甲盖破裂。他分五口把那片蛋糕吃了下去。

“你去鹅场看过那些鹅了。”他说。

“你和以前住在这里的那位女士，你们之间是怎么约定的？”

“你说的是绵羊吗？”

“是的。”

“免费草地使用；负责锄草与割晒牧草，每年一至两次；每年秋天提供一只羊羔。”

“一只羊羔？”

“宰杀好的。”

“可是那羊羔？我也会有吗？”

“没错。现在，你住在这儿，我的羊在你租用的土地上吃草。约定照旧不变。”

“可是，万一我不喜欢羊肉呢？”

“那你也照样会拿到羊肉。我无法给你提供猪肉或者牛肉，不过这种羊羔肉好吃极了。”他目不转睛看着她，“是兹沃特杂种羊[1]。”

“那是什么？”

“它们是兹沃特杂种羊，弗里西亚的一种绵羊，来自你的祖国。”

她看了一眼自己面前的那片蛋糕，知道自己不会吃它。她心想，从此，她再也不要在上午九点钟见到眼前的这个男人。“这位埃文斯太太是你的亲戚吗？”

“不是。”

“这房子为什么没有卖掉？”

“她没有亲人了。我请一位从事房产经纪的朋友帮助出租这房子。”

“这样就可以确保你的羊可以继续在这儿吃草，是吗？”

“是的，当然还有其他的原因。”他把杯子里剩下的那点咖啡喝个精光，嘴巴发出难听的响声，“与此同时，他们也在寻找她的亲属，不过可能得花一点时间吧。”

“要不要再喝一杯？”

“好极了。”他坐在椅子上放松了一点，脚伸到桌子的下面，“她的葬礼是我张罗的。”

“那些鹅也是你的吗？”

“不是我的，是埃文斯太太的。”

“这么说，它们现在是我的了？”

“是这样，差不多吧。”

---

1 兹沃特杂种羊（Zwartbles），一原产于荷兰北部弗里斯兰地区的优质稀有杂交绵羊品种，羊毛为黑色或棕色，头部正面、羊蹄和尾尖通常为白色。现主要分布在英格兰、威尔士和苏格兰低地及欧洲的其他地区。

她必须站起来，才可能端上他的咖啡杯，走到洗碗池边。他一直目不转睛地盯着她，好似知道她的处境有多难熬。“差不多，”她说，“那是什么意思？”

“那些鹅是租给你的，但它们并不属于你。我估计，你是不可以把租来的鹅放进烤炉做成圣诞烤鹅的吧。”

她站起来，回瞪着他，这样，他就不好意思将目光往下移。这一招果然奏效了，他把咖啡杯递给她，而在这之前，他的眼睛一直没有移向她的臀部。她把奶锅放回炉子，又往窗外看去，现在，草上的露水看来有点干了。她真希望自己此刻就在屋外，拿着铁锹挖地，沿着小道系绳子，打造一套假想中的组合柜。她发现，窗台上的三棵开花植物需要浇水了。她疲惫至极，搅拌牛奶的手臂有一种麻木的感觉，可是，她必须与一个明显是过来对这片土地和这栋房屋宣示权力的男人谈话，跟这比起来，胳膊的麻木又算得了什么呢？

“顺便提一句，我数了一下，只有六只。”

“什么？”

“六只鹅。”

“你还数过我的鹅？”

“当然。”

真该死。她在心里说。

“埃文斯太太精心照看它们，她给鹅喂食面包。”

她给杯子续满了咖啡和牛奶，心里盘算着他喝完这一杯需要用多长时间。她不再在乎他会对她产生什么看法，于是，杯子递给他之后，她干脆将T恤衫稍稍往上提了一下才坐下去。他立马就开始喝上了，另一只没端咖啡的手拿着那把钥匙在地图的硬封皮上来回摩擦。她将蛋糕从面前推开，一句话都没说。

“暂时就现在这样了，这房子有人租住，你高兴，我也满意，经纪人也乐意，不过情况随时都有可能发生变化。”他身子前倾，将她的蛋糕盘拉到了自己面前，“我吃了，可以吗？”

她未置可否，可他照样吃掉了属于她的那片蛋糕。看到那个破损的拇指指甲停留在他不断蠕动的嘴巴边，她感到恶心透顶。她静静地看着他大口大口吞下了咖啡，随后，她站了起来。她不知道该说点什么，也许他自己也应该意识到，他在她的厨房里逗留的时间已经够长的了。她看了看起居室和前门。

“啊，对了，我走了，”他说。他站起身来，慢吞吞地朝起居室走去。“很简单的，”他又说，“反正，家具都是现成的。”

“这里怎么没有床呢？”

“我把床拿走了。”

“那钟是怎么回事？”

“爬到活梯上去，这种事根本不是她能做的。以前，每隔一段时间我都会过来帮她更换电池。”

看到他穿着袜子穿过起居室，她很开心。一个穿袜子的男人，尤其是这男人穿的是有破洞的袜子，这种人不必拿他当一回事。

到了门口，他又回转身来，从头到脚打量着她。“你受伤啦？”他问道。

“被獾咬了一口。”

“不可能。”

“可我就是被獾咬了。”

“獾是胆小怕人的动物。”胆小怕人。他跨过门槛。“我下回再来。”说完，他就随手一拉关上了门。

他是不想让我看到他弯下腰穿靴子的样子，想到这一点，她露出了微笑。“再见！”看到他弯下腰去，她隔着门大声说。她缓慢而吃力地爬上楼，在书房的沙发上躺下，闭上眼睛。里斯·琼斯驱车迅即离开，毫无疑问，那是一辆绿色的车。也许，是一辆皮卡，后面的空间足以装下好几只绵羊，或者几捆干草，一张双人床。她一丁点儿都不想朝窗外看一眼。两个小时之后，她又开始了这一天的生活。这一回，是真正的开始。

20

太阳灿烂地挂在天空，草上的露水已经干透，微风若有若无地吹着。她把竹竿分切成一段段的短竹桩，插到木柴旁边的地里，又在竹桩之间系上细绳。浅褐色的奶牛在石墙的后面站成一排，从石墙的顶上探出脑袋观察着她的举动。这一边的草地比奶牛所在的那块田起码要高出半米，因此，站在它们那边，石墙显得比这边高得多。奶牛们喷着鼻息。她的头脑里差不多一片空白，她只是拿着生锈的铁锹，沿着刚系的细绳一路锄草，然后强迫症似的非要把锄下的草转移到小道的一边。她不厌其烦将草扔到手推车上，然后一趟趟沿着小溪把车推到房子的背面，终于，灌木丛之间积起了一个草堆。这之后，她坐到碎石堆的顶上，她环顾四周，上气不接下气的样子。小道的两边，她可以做点什么呢？那几只鹅看到她坐定在石堆上，便晃悠着来到带刺铁丝栅栏旁，大声地“嘎嘎”叫唤。她抓起小石块，朝它们砸去，可它们好像并不在乎。她胳膊的力气已经几乎用尽，扔不到那么远。

她在猪舍里找到了两根木桩，整整一条路，这当然远远不够。

她沿着水泥台阶拾阶而下，再一次来到地下室，在最下层的台阶上坐下来。瓷砖地面呈现淡淡的绿色。这里怎么会这么干净？就好像刚刚有人打扫过似的？这里看似是用以存放潮湿之物的地方。她嗅了嗅：空气中闻不出什么名堂，她无法判断。

秋季的祖伊德贝德[1]，游泳池边有常常变换的白色售货棚，回家的路上她可以享用美味的三明治，阿姆斯特丹国家博物馆[2]花园内光秃秃的灌木时常笼罩在雾色之中，运河边穿梭往来的车船发出嘈杂的喧闹。她想起了住在德皮杰普公寓楼里的年迈双亲，眼前浮现出母亲忙碌的身影，她在为她煮土豆、为她准备游泳训练时带去的三明治。逼仄的厨房里，窗户的玻璃蒙上了一层水汽，荧光灯把室内的一切照得通亮。他们现在仍然住在那里。现在安装了集中供暖，铺上了光洁的强化地板，翻新了厨房，还添置了一台电视机。因为起居室实在太小，电视显得实在太大。一则来自女儿的信息。她打过好几次电话，可是每次一听到答录机里的说话声就赶紧挂断——那是父亲的声音，他只报姓不给名。“我只是告诉你们一声，我出去了。不必为我担心。真的。”这会儿想起来，她觉得最后的那句“真的”完全没有必要说。想家，这是一种你可以享受的情绪，但并非总是如此。有时候，它会使你变得虚弱不堪，虚弱到五个水泥台阶像是变成了五十个。

赤杨木枝。溪边的三棵树是赤杨木。她知道这是赤杨木，因为树上那些小小的圆形球果她是认识的。这几棵树的树梢已经许久没

---

1 祖伊德贝德（Zuiderad），荷兰赞德沃特一地名。
2 阿姆斯特丹国家博物馆（Rijksmuseum，又称荷兰国家博物馆），位于荷兰首都阿姆斯特丹，是荷兰最大的博物馆，宫殿式建筑气势恢宏，藏有大量世界知名的艺术珍品。

有修剪过了。修剪树梢，这个词她是知道的，不过她还从来没有用手锯在哪一棵树上亲自实践过。常春藤的粗茎是否也可算作树枝呢？在沙发上躺了几个小时之后，她把一张餐椅搬到了屋外，就是里斯·琼斯坐过的那张椅子。她将椅子靠着其中的一棵树放好，穿着沾满泥巴的木屐直接踩了上去。只可惜，今天一大早我没有干这活，她思忖着。否则，他不仅袜子上有破洞，还会添个泥巴脏屁股。手锯是在往回拉的时候锯动了树枝——她感觉到是这样——而不是向外推的时候。她还发现，必须先仔细考虑好应该站在哪个位置，这样才能确保锯断的树枝不至于砸到自己的脑袋。锯下了五根树枝后，她觉得这活儿今天已经干得绰绰有余了，于是决定就此收工。然后，她拿起新买的修枝剪把细枝和嫩梢剪下来，将粗枝拖到草堆旁边。先前运草的时候，沿路留下了推车的辙印，现在她就把树枝一根接一根盖在车辙上。她在台阶上坐下来：看着很整齐。树枝不稀，足以构成一道像样的界线。这时，她才突然发现那草地原是一片草坪，而且就在不久前一定还有人给除过草。奶牛走了。她站起来，发现它们已经走到了很远的地方。奶牛离开了，刚才她根本就没有注意到这一点。这是一种美妙的方式，让你知道时间在不知不觉间流逝：太阳眨眼之间已跨越天穹，挂在低低的天边；一群奶牛默默地、静静地移居他处。生平第一次，她有了这个发现，她想到了自己的论文。

21

艾米莉·狄金森。虽说她名气不小（也许是美国最为人喜爱，且无疑是美国最伟大的诗人，这是哈贝格[1]传记的封底评价），狄金森创作了大量无精打采的押韵四行诗，在她看来，其实就是些蹩脚的打油诗。她随手翻了翻《艾米莉·狄金森诗选》，她的指甲里嵌进了泥。夜已深，屋外漆黑一团，只是远处偶现零星的亮光。她喝了杯葡萄酒，又抽了根烟。楼下，搁在沥水板上的锅里还剩下不少没吃完的食物。壁炉里火光摇曳。从未被蜜蜂蜇过，她若有所思。蜜蜂无处不在：在微风中，在三叶草间。她想起了学校的办公室：那台冷冰冰的电脑，里面存储了她全部有关狄金森的笔记，还有论文的一个非常粗略的构想，按照那个构想，论文将论述短诗的泛滥以及狄金森被过度美化的现象；盆栽植物；钢制文件档案柜；还有窗外那条悠长而狭窄的街道以及街道上的积雪。因为哈贝格那部无法卒读的传记——充斥着无法确定的事例和荒诞无稽的歪理（极度详尽，甚至记述了狄金森的曾祖伯父在1837年春季爆发的某一次阵咳，并试图以此来解释她的诗作中流露出来的某种情绪）——她的论文写作延迟了好几个月。

她把那张写有“窗帘”两字的纸揉成一团（小卧室的窗前还是没有窗帘），然后拿起了那支软芯铅笔。她想象着现在是白天，自己正站在屋外，背对前门。她开始描画那一片草坪，那一弯缓缓流淌的蜿蜒的小溪、草地旁边那一堵低矮的L形石墙、房子斜对面的那一间猪舍、与正面的屋墙并行的那一条笔直的新路、那三棵赤杨树和三丛矮灌木。遗憾的是，她没有彩色铅笔。将有一条新路：从前门开始，径直穿过草地，延伸至墙边抵达尽头；还将有几个花

1 阿尔弗雷德·哈贝格（Alfred Habegger），1967年在丹佛大学获得博士学位，长期执教于堪萨斯大学英语系。2001年出版《我的战争都埋在书里：艾米莉·狄金森传》（My Wars Are Laid Away in Books: The Life of Emily Dickinson）。

圃。她试图画出一个拱形蔷薇门，结果发现其困难程度远远超过她的想象。这下，刚画的草图断送了，而且她没有橡皮。她将这张纸也揉成一团。她往嘴里塞了一支烟，拿起《艾米莉·狄金森诗选》，翻到目录页。这本书到她的手里已十年有余——书里有她的笔记，书页上留有污迹，护封亦已有破损——直到此刻，她才第一次注意到，标题为“爱”的那一部分有多短，而最后一部分“时间与永恒”又有多长。她忍不住开始哭泣。

22

她的丈夫坐在起居室的长沙发上，就是那间放了台大电视的狭小的起居室。他的岳母坐在他身旁，而岳父则坐在靠近电视的一把靠背椅上。十一月，风雨交加，一阵阵的风雨拍打着窗户，一盏路灯在不停地来回晃动。电视开着。多年前，他第一次来这儿的时候，电视也开着；以后，每一次来这儿，只要是晚上，电视总是开着；如果是白天，尤其是周末的白天，通常也开着。他进门之后，岳父母就把音量调低了五档，但那声音依然令人烦躁。电视上的节目是演唱及点评，中间插播刺耳炫目的广告。

“马上就到十二月了。”岳母说。

“是的。”丈夫回答。

“我真的开始担心了。”

“可我们能怎么办？”他问。

“这都是你的错。”

“是我的错？”

岳母看了他一眼，似乎是在说，这不需要更多的解释，他应该非常清楚，这事就该怪他。

“对。”岳父说，他甚至于都没有朝他这边瞥上一眼。在说这话之前，他还没有开口说过一个字。

“对？什么对？”岳母问他。

“没什么，就是对。”岳父答道。

她叹了口气。“现在这种情形，叫我们怎么有心思准备过节？圣尼古拉斯节[1]，圣诞节。”她抬起手无力地指了指窗台，那上面，三角形烛台上的三支蜡烛已经点燃。火苗纹丝不动；窗户的密封做得很好。

“我又哪里知道。”丈夫回答。

“呸！”岳父说了声。

“你说的什么？”岳母问。

“那家伙根本不会唱歌！”

“她以前做过这种事吗？”丈夫问，“我是说，在认识我之前。”

“从来没有过！她从来都不会无故消失，她连睡衣派对[2]都不爱参加，她甚至从来都没有留在朋友家过夜。”

“在我兄弟的家里，她是有过的。”岳父说。

“是的。在她叔叔的家里，她总是呆不够，她甚至从来都不提到她的婶婶。她和她的叔叔亲密无间，狼狈为奸。”

---

1 圣尼古拉斯节（St Nicholas），盛行于俄国、瑞士、德国、法国、荷兰等国的传统民间节日，在每年的 12 月 6 日。圣尼古拉斯即圣诞老人，他慷慨助人，关爱儿童，被尊为各类弱势群体的保护神。圣尼古拉斯节在荷兰被视为第一大传统节日，据传，圣尼古拉斯从西班牙搭乘蒸汽船到达荷兰后，与黑人侍从彼得一起进行市区游行，给人们带来幸福佳音。12 月 5 日为圣尼古拉斯之夜，家人团聚，互赠礼物。

2 睡衣派对（pyjama party），人们庆祝或者休闲的一种方式，每位派对成员都必须穿睡衣，以最轻松的状态面对朋友，派对的具体活动内容丰富多彩，其中最为经典的是“枕头大战”。

“他还教她抽烟来着。”他岳父说。

“呸！没错。他还老是给她灌输各种怪想法，常常给她说些趣事。每次，只要从他家回来，总得花好长时间才能让她回归正常。”

“怎样的怪想法？”

“什么她得有能力自己独立做事，什么归根到底，人永远都是孤单的，还有什么千万别让他人来告诉你应该做些什么。”

“这些都还不算糟糕，不是吗？”

“是不算糟糕，可是她把这些话都当真了，有一天她竟突然就不辞而别了。她的婶婶都快急疯了，可她叔叔却只是只顾偷笑。等她回到家里，任谁的话都听不进去了。”

“可见，她以前也时常无故消失。”

“没有，只是离开个把小时而已，从来都不长，最多两个小时。知道了抽烟那件事之后，对，就是在那之后，我们就再也不允许她呆在那里了。”

“我兄弟做得确实也不……不完全对头。”岳父说。

“我想，你这么说也可以吧，”岳母说，“但是你也可以说，他有点疯疯癫癫的。”

“行啦……”

“我一直很担心，他”——她指了指自己的丈夫——“是不是也会那种样子。幸运的是，他娶了一个非常明智、非常健全的女人。”

“要不要喝点酒？”岳父问。

“喝一点，谢谢。”丈夫回答。

“没问题，一醉方休，然后就什么问题都解决了。”

“你也喝一点吗？”岳父问岳母。

“不，当然不喝！我什么时候喝过哪怕一滴白酒啊？”

“活到老，学到老嘛。”岳父起身，倒了两杯陈酿荷兰金酒：他自己的那杯倒得太满，都快溢出来了，于是他不得不先弯下腰去，“嗞”的一声喝掉一口，然后才可以将酒杯端起来。他把另一杯酒放到女婿的面前，而后又立马全神贯注看起了电视。

“没错，”岳母叹息一声，说，“他现在也变成那样了……”

“闭嘴，妇人之见。”

她开始轻声哭泣起来。

丈夫抿了一口荷兰金酒。他在琢磨岳母刚才说的究竟对不对，那是不是他的错。突然而来的一阵狂风暴雨声，暂时淹没了电视里一个胖女孩的歌声。女孩的头发如刺猬一般，她站在偌大的演播大厅，身体纹丝不动。她的嗓音华丽而清亮，一旦歌声响起，周围的一切对于她似乎都不复存在。她的双眸闪着亮光，双手自然下垂至大腿的两侧，彻底放松自然的模样，这时的她变得美丽动人。很快，他们告诉她，她缺乏“必需的魅力”。下一位，请。

“这批杂种。”岳父说。

广告插播的间隙，岳母又开始说话。“接下来，他们会不会把你关进监狱？”

“不会，”丈夫回答。他的面前放着第二杯荷兰金酒。

“为什么不会？”

“因为我会赔偿全部的损失。”

“也就是说，如今这世道，你可以随便去哪儿放一把火，也不用担心蹲监狱了？”

“我估计，那还得看情况吧，”丈夫回答，“我没有逃离现场，看看我们还能做点什么。”

“你跟他还有联系吗？”

“给我做完笔录之后，我们一起出去喝了杯啤酒。”

“为什么？”

“没什么原因。他这个人还不错。”

“其实，他本该把你送进监狱。”

“没有那个必要。”

“警官也是普通的公民。”岳父说。

“你懂什么呀？”岳母说。

“闭嘴。妇人之言。”

丈夫不由得留意到，那样的对话听着是多么有爱。

岳母喝下了最后一口葡萄酒。“我还是更乐意喝一杯好茶。”她说。

23

面包吃完了；蛋糕早就被她倒进了垃圾桶；她不想吃。这一次去文沃尔村，她决定不开车。她想检验一下，自己有没有本事沿着那些绿色的虚线，将二维地图上的符号标记转换成现实世界中的道路、山脉、房屋与田野。她穿上旅行鞋，抓起帆布背包，锁上前门。站在屋前的小道上，她的心不觉一沉。她系的绳子完好无损，竹桩也没有问题，可是她还得搬运不少石子。她转过屋角，沿车道步行，途经鹅场。五只鹅站在旋转小门旁边，她的表现就好像根本没有看到它们一样。探询好奇的神情，“嘎嘎”的轻声叫唤，有所期盼的脚步。是五只。

她手里攥着地图，穿过那扇上过油的旋转小门。从地图上的那条绿色虚线来看，她不可以继续顺着自己的车道行走，可是，高高的杂草让人根本看不到路在哪里。她耸起肩膀，不假思索随便从身边的田里穿了过去，当她从田里出来，迎面恰好就是一道带台阶的栅栏。她翻过栅栏，打算拐向左边。这里有一栋邻居的住宅；看样子，她必须直接从屋旁走过去。有一扇房门像是敞开着的。她犹豫不决，先仔细研究了一会地图，然后折返回去，在旁人看来，她就像是一个拐弯时弄错了方向的旅行者。很快，她又爬上台阶，然后下来，再次从杂草丛生的那块田里穿过，顺着车道来到那条窄窄的小路。又往前走了几百米，她重新回到了那条绿色的虚线，在现实世界里，其标识就是那个徒步旅行者的牌子。她终于走完了那段似乎永远没有尽头的行程，当她一脚跨进面包店时，发现正好是一点差一刻。

“是步行过来的吗？”面包店老板问。

“是的，”她回答，有点上气不接下气。

“一点都不远，是吧？”

“不远，不一会儿就到了。”

“我们是一点钟打烊，下回你就知道时间了。阿文！”

老板娘从后面出来。“哦，你好，亲爱的，”她说，“那个蛋糕可好吃吗？”

“很好。里斯·琼斯也特别喜欢。”

“里斯·琼斯。”面包店老板说。

“他可喜欢吃我家的蛋糕啦，”阿文说，“亲爱的，你准备在这儿常住了吗？”

“他住在哪里？”

“离那座山不远，就在那边。”面包店老板往墙那边指了指，“每到十月底，他都会把羊群转移到老埃文斯的农场。”

“到这儿买面包的人多不多？”她开始感到燥热，于是就往旁边退了一步，假装去看柜台底下那个玻璃陈列柜里的东西。

“他的妻子去世了。”阿文接着说，“太可怜了。如果她还活着，她是绝对不会让他吃那么多蛋糕的。”

“我们的生意还算过得去。”面包店老板斜瞥了妻子一眼，“只要人们不去乐购买面包……”

“那屋里的供暖还行吗？”阿文又问道。

“供暖很好。”她回答。

“你在那儿不感到太孤单、太寂寞吗？”

“不会，那没问题。那里有鹅，现在又多出了许多绵羊。”

“你就一个人吗？没有丈夫吗？”

“埃文斯太太生前都是到我家来买面包的，一直到最后。”老板把说话声音刻意提高，像是希望能盖过他妻子的声音。

“你该养一只狗。”阿文说。

“你想买点什么？”老板问道。

她本来还想打听一下，埃文斯太太是多久之前、因为什么而去世的，可是，柜台后面的这对夫妻那么殷切又那么好奇地望着她，于是，她便改了主意，只是要了两条长面包和两盒饼干。

“再见。”她说着，将买下的东西塞进了背包。

“面包吃完后再来，”老板说，“过两天我们就要上圣诞布丁了。”

“养只狗吧，”老板娘在她身后喊，“狗是真正的朋友。”

她随手关上店门，仔细观察天空。天空灰蒙蒙的，灰暗而沉闷，不过并没有下雨。她朝斯诺登山的方向望去，她想起来现在是往回走，那山应该在她的左手边。她走下人行道，回头瞥了一眼。不知姓名的面包店老板和他名叫阿文的妻子一动不动地站在那儿，目不转睛地望着她。他们没有招手，他们只是看着。

返回时她走的路线跟去的时候并不完全一样；去的路上，她几乎处处走错，而回来的路上，她却没有走错。几乎没有走错。只不过有一个地方，她终究还是弄错了，过了很长时间之后她才意识到自己走岔了，踏上了另一条不同的虚线。这些东西太难辨别了：布满荆棘的树篱、低矮的橡树、草地、金属水槽、烦人的鸟鸣声。她觉得很奇怪：已经十一月底了，鸟儿们为什么还像在春天里一样？不知不觉间，她来到了一个丁字路口。上回，她也就是在这里第一次看到斯诺登山的，她突然明白了自己所处的方位；她甚至都不再需要查看地图了。她背靠着一个木门坐了下来，从背包里抽出一盒饼干，吃掉了半盒，这期间，她有充足的时间来好好观察这座山。尽管天色阴沉，山上却呈现出各种不同的色彩：棕色、赭色、绿色，居然还有一抹紫色。看上去并不难爬嘛，她心想。

她继续往前走，等她走上车道时，好像已经到了黄昏时分。她不得不弯下腰去，抱住一棵树。她直起身子，疼痛便无处逃遁；蹲下身子，那阵阵的钝痛似乎有所蔓延，变得稍微容易忍受一点。她说不清这疼痛究竟源自哪里：哪怕是胳膊和双腿，它都不肯放过，它在刺戳，在啃咬。她轻轻地揉着小腹和上臂，一只手捂住额头，她想起了她的叔叔。过了一会儿，她又开始缓慢地朝前走去，这时，她恍惚看到艾米莉·狄金森就在她的面前，正穿行在她的秋季花园中，短诗的第一行已在她的头脑中酝酿而成——蜜蜂的低语已经停止[1]——现在正在琢磨该怎样把这首待继续写下去。没有，从未被蜜蜂蜇过，我们的艾米莉。

24

第二天上午，她不急不忙地吃着早餐。最近，她的饮食一直不好，时常不吃晚饭，但酒还是喝得不少。挂钟显示的时间是九点半。当屋内的一切都安静下来，她就能听到时钟发出的响声：刺耳的、不怀好意的、轻轻的“嘀嗒”声。她不想听到这声音，在厨房里她不要有时间。她想让钟不再走动，可是想到还得搬一把椅子到它的下面，她就顿时浑身无力，感到恶心。让钟停下来，不仅可以摆脱时间，还能挫败那个粗俗无礼的牧羊人。她时常会想到里斯·琼斯，而每每想到他，她都不免心情烦躁。

起居室和楼上的房间，她尽全力整理了一下；至于厨房，埃文斯太太留下来的是什么模样，现在依然是什么模样。洗碗池和碗橱的周边，弥漫着一股挥之不去的老太太的气味，她在这儿住了几个星期，渐渐地，她已经将这种气味与她自己联系到了一起。那味儿似已渗入了那台老式洗衣机，只要用它洗过的衣物，在挂到楼梯顶上的栏杆晾干之前，总是散发出一股霉味，霉味将洗衣粉的清香味

1 摘自《艾米莉·狄金森诗选》。

都给压住了。昨天，她在面包店里也分明嗅到了老太太的气味，也许那是因为她一路步行，淌了点汗。她当时退到一旁，就是不想看到面包架后面那面窄窄的镜子中自己的影像，她担心看到的不是自己，而是另一个人。

她煮好咖啡，搅拌牛奶，切下两片面包，又在面包上涂抹咸味黄油；其中的一片，她给涂上的是黑醋栗果酱，另一片涂上奶酪，随后，她坐下来，强迫自己把所有的东西都吃光喝净。她望着窗外，在明净湛蓝的天空的映衬下，窗口的藤萝显得愈加通透，她将一绺头发夹到耳后。她在思忖，自己是否该去一趟理发店，起码去一次。洗过杯盘，她上了楼。她的日记簿放在书房的桌子上。她翻开日记，看着上面的日期，然后从自己有把握的一个日子开始往前推算。她从本子上撕下一个穿孔的页角。今天是十一月二十七日，星期五。

她将汽车停在城堡旁那个已经废弃的停车场，然后步行进入小镇。城墙的拱门处挂着一口钟——又是一口钟——就在那条街上，她找到了一家理发店。理发店就在诊所和药房之间，只是上次来看脚的时候她并没有注意到它。假如今天不是十一月二十七日，假如她在这里是正常的逗留，她会享受这样的经历：在异国他乡的小镇上，径直走进一家理发店，就好像这是世界上再自然不过的事情，就好像她每个月都会来这儿打理头发。此刻，太阳的反光恰好投射在宽大的窗户上，晃得她睁不开眼，她觉得自己胃里的面包如水泥一般的沉重。她感觉自己快要撑不住了，仿佛即将要亲自用温柔的双手将自己交付给凶手；而此时，她还没有走进理发店。

除去她，店里只有一个顾客，就是那个医生。他正坐在店里吞云吐雾，而镜子旁边的烟灰缸上，还搁着一支没有掐灭的、正在冒烟的香烟。

“你好啊，亲爱的！”理发师说，“请随便坐吧。这位先生马上就好，已经基本弄完了。”

“啊，獾咬女士，”医生说。钴蓝色的理发披肩上面，是他露出的脑袋，活像一只刚刚孵出的小鸡。他仔细地打量着镜中的她。

“你说的什么？”理发师问道。

“獾咬女士。有只獾在她的脚上咬了一口。”

“不！那怎么可能！”

“那是我说的，但确有其事。”

“怎么会的？”

“我赤脚躺在一块大石头上。”

“真的吗？”

“真的。”

理发师停下了手中的活儿。她就站在原地，拿着梳子的手和拿着剪刀的手都悬在半空中停止了动作。“我只见到过死獾，在路边看到的。”她一只手伸向烟灰缸，拿起香烟狠劲吸了一口，连脖子里的青筋都鼓了起来，她用另外的那只手把刚吐出的烟雾驱散。

“我也一样。獾是愚蠢的动物，它们以为到了黑夜就是自己的天下了，所以从来不会小心行事。”

“是这样的吗？你这么认为？”

“我不知道。反正，我一辈子都一直住在这儿，而且还从未见过一只活着的獾。或许，你应该向这位来自荷兰的女士请教一下。”

这下，医生和理发师都在镜子中注视着她。小小的发廊里烟雾弥漫，幸亏，她在这之前就已经拿起了放在茶几上的一本杂志，不过，听到他俩这样议论她，她心里还是惊得不轻，她开始漫不经心地翻阅杂志。既然没有人向她直接发问，她也就可以不必回答。杂志上有篇文章，是介绍如何在阳台上种植西葫芦的，她努力把注意力集中到这篇文章上；这个时候，医生转而开始详细地描述患者们的病况。他在讲述的时候，俨然把理发师当成了他的同伴，仿佛他们是两个相熟了几十年的中年妇女，两个闲聊生活琐事的闺蜜。理发师一边一刻不停地为他修剪头发，同时不时地发出咯咯的笑声回应他，最后，她十分麻利地将披肩从他的肩上褪去，大声宣布："成了！"医生从椅子里站起来，说了声"谢谢"。看起来，理发师根本没有打算朝钱柜走过去。

医生走到她的跟前，站住，点燃一支烟。"你还会来诊所吧？"他问。

"来干什么？"她问。

"让我为你检查一下伤口，也许还有别的事。"

"我觉得那没有必要。"她的眼睛始终固执地盯着杂志上的一张图片，那是一个硕大的绿色西葫芦。

"那随你的便吧，"医生说，"随你的便。"他离开了。

"来，坐到这边来，"理发师说，"咱们先好好把头发清洗一下。"

理发师开始轻抚、揉捏。她的手十分柔软，水温恰到好处，洗发水散发出宜人的芳香。就她而言，剪头发这事暂且不必着急。

"你喜欢什么发型？"理发师问，"修剪一下吗？"

"请剪短就行，简单一点。"

"獾咬人的事，那是真的吗？"

“是真的，”她说，“獾在白天也出来的。”洗发的过程中，她俩没有再说任何话。洗完之后，尽管刚用过洗发水，她觉得她又能闻到埃文斯太太的气味了。她看着镜中的自己——脖子周围没有头发，面色苍白，两眼发黑——她知道自己即将提出的要求必定是以前从未有人提出过的。“能否请你把我转过去？”

“什么？”

“把我转一圈。这把椅子。”

“可是，为什么？”

“因为，我……”她不知道该作何解释。

“那样，你不就看不到我的动作了吗？”

“我相信你的手艺，我喜欢有所惊喜。”

“这样的事我还是头一回碰到，”理发师说着，伸出一只脚将椅子拨转过去，“这下，我在干什么，连我自己也看不大清楚了。”她从烟盒中弹出一支烟，先把店门完全敞开，探出头去，往街道的左右两边看了看，然后将门半掩起来。接着，她把点着的那根烟搁在烟灰缸上。“这是荷兰的风俗吗？”她问道。

“不是。”

“好吧，那咱们就开始吧。”十五分钟后，头发修剪完毕。这期间，没有别的客人走进理发店。理发师在她的头发上抹了点发胶，用电吹风吹干，再用力将头发拉出型来。那根烟没有再吸，已经燃尽。

她站起身来，没有转身去面对镜子，而是径直走到放钱柜的小柜台旁。

“你难道不想看一眼吗？”

“不看。我真的想让它成为一个惊喜。”

理发师目瞪口呆地看着她。她张开嘴巴，或许是想问这会不会又是荷兰的某个风俗。

“我喜欢惊喜。”她又说。

理发师感觉受到莫大的侮辱，于是闭上嘴巴，在那台老式收银机上打出了一个价目，收银机发出很响的“嗡嗡”声。

她付过钱，友好地道了声再见，便跨出发廊，并给门留了一条缝。沿街走了几步之后，她回头瞥了一眼，看到理发师正站在发廊门口，一条胳膊横在胸口，那只手塞在腋下，另一只手里拿着一根烟，两眼定定地瞪着马路对面的香水店。从她嘴里喷出的一团烟雾在阳光下缓缓上升，烟雾中，经过漂染的头发显得稀疏单薄。她行走在窄窄的街道上，穿过停车场，虽说附近几乎不见任何人，她还是竭力克制住自己。只是等她坐进车里，看到后视镜中的自己犹如一只受了惊吓的小动物，这时的她，才开始哭泣起来。

25

她来到猪舍，查看一下还剩多少木柴。她看了看，数了数，又算了算，随即作出决定：从现在开始两个房间不能同时生火。这样的话，木柴就够用了。万一真的用光了，她还可以一直呆在厨房里，坐在靠炉子近一点的地方。

又是阳光灿烂的日子，她手里的香烟冒出的烟雾直直地向上升腾，就像昨天理发师手中的香烟一样。她倚在猪舍淡色的墙壁上，感觉到有一股暖气正透过睡衣渗入她的后背，可是摸摸脖子，脖子却是凉凉的。她的脑袋感觉好轻，仿佛被剪去了几公斤重的头发。

她闭起双眼，抽着香烟。

她躲到这里，摆脱了一切的事务，卸除了所有的责任。她想起了那几只鹅，想起了沿路系起的绳子，想起了她许下的一个诺言——去文沃尔村的那家面包店买面包——便觉得这一切太过分了。她将香烟往草坪上一扔，返身回屋，在门口的垫子上蹭掉沾在赤裸的脚底的粗砂砾。她换好衣服，往背包里塞进一条毛巾，便出门散步去了。

她走过门前的小道，跨过小溪，穿过上过油的那扇旋转小门，又穿过那一小片古木林。每次从路上走过，她都会发现那条道比上一次经过时更加清晰。她从没见识过的、叫不上名儿的小鸟们在鸣唱；有一只小松鼠。她径直从石阵那儿走过，踏上从沼泽地经过的堤坝。地图没有带在身边，而是摊在家中的餐桌上。过了沼泽地，她的面前出现一道钢门，门外是一群长毛大角的黑牛，门旁有一个台阶。她必须从这块田里穿过去，她未加犹豫，立即翻越过去，对那群黑牛丝毫未予理会。她暗自想，只要我装作它们并不存在，它们也就不会关注我。这条路看来是与树木繁茂的溪岸并行的，有必要的话，她可以迅疾地钻进茂密的灌木丛中去躲避危险。乡间的地势忽高忽低，她往前走了五十步之后再回头一看，便什么都辨认不出了。她的运气不错：有迹象表明，这儿曾经有过旋转木门，这证明她走的方向没有错。黑牛落在了她的身后，她面前的地面缓缓向下倾斜；她可以看到那片水域了。

这一带，树上的叶子已几乎落尽，枯黄的牧草已经被牛羊啃光，间或还可以看到几处蓟丛。一块石头竖立在岸边，就是地图上标示为石柱的那一类，不过，这一块看上去更像是某个农夫用重型机械打造而成的作品。她绕着这个大水池走了一圈，其间，她看到了混凝土的池岸，还发现了一间砖结构的小屋；她听到淙淙的水流声从小屋内传出，但没有看到水究竟是从哪里流出来的。这让她更加确定了自己的想法是正确的：这水池是人工建造的，是某种水库。一条柏油路一直通到小屋的背后，并在那儿到达尽头。她面前的池水波平浪静，没有一丝涟漪，她由此联想到了刚刚擦过的锃亮的银盘。池水看上去清澈而滞重，但是并不显寒冷。她来到一块大石头旁，脱去衣服，把衣服放在石头上，然后将有伤疤的那只脚浸入水中，于是，水面的平静被打破了。水很凉，但那种凉不足以叫她退却。水底下积起了一层薄薄的淤泥，淤泥的下面便是坚硬的池底，它就像是一大块最近才清扫过的水泥板。她尽可能缓慢地移动脚步，一步步趟到了水池的中央——水淹到她的腰际——她一动不动地站在池水中，一直等到最后的一片涟漪渐渐消失，一直等到水面又重新恢复了平静。这时候，她能够看清自己的脚趾和膝盖，看到每一根体毛上出现的小小的气泡，还能看到光线在她的小腹和前臂形成奇特的折射，仿佛自己的下半身与上半身脱了节，不属于同一个人。她环顾四周，没错，这个池岸也是既无开始也无终止，像一个循环。也许，她之所以不感到寒冷，是因为这儿一丝风都没有，即便是微弱的太阳光就能够给她的上半身送来足够的温暖，是因为在她的想象中，池水依然是滞重的，缓慢而沉重。她一动不动，站在水里，终于彻底理解了她的叔叔，理解了为什么他站在饭店的水池里会那么犹豫不决：是那个地方剥夺了他作出决定的能力。直到她看到乳头的四周出现了鸡皮疙瘩，她才开始蹚回岸边。她曾经在树荫的变更中眼看着时光悄然流逝，曾经目睹一群极小的鱼儿游近她的脚趾后又离开，也曾看到五只绵羊在石柱的旁边出现。这就是贯穿艾米莉·狄金森几乎整个成年生活的场景，是不是？她是不是曾经试图阻止时间的流逝，试图借助几百首短诗去抓住时间，并藉此让时间变得不那么难以忍受，或许还解除了几分孤单寂寞？不单单是“时间”，还有“爱情”，还有“生命”，甚至还有“自然”。没关系了，她想。反正，这一切已不再重要，而且，那些章节的划分本来就不是狄金森的想法。她擦干身子，穿上衣服，离开了池边。许久之后，池面的微波才渐渐平息。

那群黑牛不见踪影；或者说，起码，走在溪边林木繁茂的那条小路上，你是看不到它们的。她行走在路堤上，猛然意识到，这条路在某一阶段一定曾经人来人往，否则，不会留下那些徒步旅行者的标记，也不会安装旋转小门和台阶。尽管在目前看来，道路被废弃这一现状显得天经地义，但是偶尔必定还有人从这儿走过。也许已经有人走过了：在她去剪发或去乐购购物或者躺在沙发上休息的时候。她坐在石阵处那块最大的石头上抽烟，等待着，直到那只獾——她一直认定那是同一只獾，就是那只在她的脚上咬了一口的“公獾”——出现在金雀花丛的下面。跟以往一样，它看着她，没有流露出一丝想离开其藏身之处的迹象。也许，树枝重重抽打在其背上的记忆还留存在它的脑袋中。

26

渡船在赫尔靠上码头后，她曾经用信用卡和普通银行卡在四台不同的自动柜员机上进行操作，提取了一大笔现金。她当时依然感觉恶心翻胃——那趟夜班渡轮持续地颠簸摇晃，弄得她难受至极，因此暗下决定，往后再不乘坐这种巨轮——不过她头脑清醒，知道机器交易是可以追踪的，也知道她可不希望被追踪到。她发动了汽车，并一直行驶在主干大道上。布拉德福德[1]，曼彻斯特[2]，切斯特[3]。她想到了爱尔兰。她在一家小厨师餐厅[4]停留片刻，不得不将覆盖在拖斗里那些杂物上的防水油布拽紧一些。“杂物”，她就是这么认为的，单人床垫、茶几，还有她捆扎在一起的各种用品。没等她的车开到威尔士，霍利黑德[5]这地名就在路牌上出现了，只要沿着 A55 高速公路[6]一直往前就行。她给车加满汽油，用信用卡付了费，随即便意识到她这么做意味着什么。到达班戈时，雨终于停了。车子开上了通往安格尔西岛的布列坦尼亚桥[7]，她想起了那个十字路口。哦，不！可不能再出现那样的噩梦。湿润的阳光下，大陆与安格尔西岛之间的海峡分外美丽壮观：那林木葱郁的陡直的海岸、那两座古朴的桥梁、从海面一掠而过的巨大的白色海鸟，还有小岛以及小岛上的那一间小白屋。她调转车头，回去寻找一家提供住宿与早餐的家庭客栈。第二天，她来到了里斯·琼斯那个“朋友”开办的房

---

1 布拉德福德（Bradford），英国十大城市之一，与利兹市相邻，位于伦敦以北 200 英里处，是英国早期文化中心之一，也是公路、铁路及航空运输的交通枢纽之一。早期因羊毛和纺织业而繁荣，一度以世界羊毛之都的称号闻名于世。

2 曼彻斯特（Manchester），位于英格兰西北部都市群的中心，英国第二繁华城市，除伦敦以外英国最大的金融中心城市，世界上第一座工业化城市，英国的棉纺织业中心，重要的交通枢纽与商业、金融、工业、文化中心。别称：棉都、北方之都、仓库之城。

3 切斯特（Chester），英国英格兰中西部港市，柴郡首府，距离利物浦和曼彻斯特不到一小时的路程。

4 小厨师餐厅（Little Chef），英国高速上最常见的连锁餐馆。1958 年，第一家小厨师餐厅开张，之后发展为连锁餐厅，并成为英国知名品牌。

5 霍利黑德（Holyhead），英国威尔士安格尔西郡最大的城镇，也是一座服务于爱尔兰的重要的爱尔兰海海港城市。

6 A55 高速公路（A55），贯通北威尔士沿岸的一条重要高速公路。

7 布列坦尼亚桥（Britannia Bridge），位于英国威尔士北部切斯特至霍利里德铁路跨越梅奈海峡的双线铁路上，是世界上第一座用熟铁铆接的箱形梁桥，又称不列颠箱管桥。1846 年开工，1850 年建成。桥身在 1970 年的火灾中严重受损，后经修复改建，河中两跨改为钢桁架拱，边跨改为钢筋混凝土钢架支承的钢梁。1973 年竣工后又敷设公路桥面，现公路、铁路两用。

产中介。他说他手头有一处房子简直就是为她而准备的，基本上配套齐全并可以按季出租。是一栋玄武石威尔士农舍。他们乘着他的车去看了一下，他带着她兜了一圈，漫不经心地指了下旁边的小棚屋，说那是“猪舍”。她在那家家庭客栈里又住了一晚之后，便搬进了农舍。他没有提起那些鹅，她也没有看到；里斯·琼斯的绵羊是后来才过来的。她的房租一直交到了十二月三十一日，手里的现金还绰绰有余。

她在推车上装上半车的碎石，非常平静地将石子从石堆推到小道边。每次，当她推着空车来到屋角拐弯处的时候，那五只鹅就会轻轻地叫唤。对此，她感到难以忍受，为了让自己听不到它们的叫声，她铲石砾的动作开始变得越来越快。这样运了几趟之后，最后剩下的砂砾只够装小半车。她事先已移走了绳子和竹桩，现在，她把砂砾倒在厚密的赤杨木树枝间，再用那把锈蚀的铁叉把石子整平。忙完这一切，她回到屋里，将一把餐椅推到炉子边，喝了一杯牛奶，吃了一个三明治，又抽了一根烟。她想，倘若自己当真希望找到当园丁的感觉，还应该开始改抽手卷纸烟。下午，她跪在门垫上，用刀子将砂砾间的杂草挖出来。她从最靠近猪舍的那个拐角开始，慢慢往竹子和油罐旁的那个墙角移动，然后继续向前，一路直到小溪。到了溪边，她把门垫——上面印着“欢迎”两字——放下来当作坐垫。干活的时候，她没有很清晰的思维，所有的东西只在心中匆匆掠过。现在，她坐在岸边，两条腿挂在陡直的溪边，眼睛望着面前湍急的溪水；小溪真是在这儿开始陡然下落。差不多一米之外，便是同样陡直的对岸，那儿生长着各种蕨类植物和许多她叫不上名儿的其他植物。某一个地方，一棵树横跨小溪倒在地上，如同一座布满青苔的小桥。她真不愿意抽身离开：“哗哗”的溪水，翻腾的泡沫，无休无止，叫人昏昏欲睡。这小溪的源头是不是就在斯诺登山上？

下午，她望着小溪的流水；到了晚上，她就盯着屋内的炉火。她点上蜡烛，将蜡烛放到窗台上。后背的疼痛持续不断，难以摆脱。洗澡之前，她吃了几片奶酪面包和一个甜洋葱。做热饭热菜实在太麻烦了，水果蔬菜是有益健康，不过，当然，那些东西只适合身体健康的人们。她一向都觉得肉食难以下咽。天哪！里斯·琼斯扬言要送给她的羊羔肉，她可怎么处理呢？身体泡在热水里的时候，她想起了这个问题，她还想到了花园。虽然草图没能画成，但她早就在想象中画出了蓝图：花圃里繁花似锦，她甚至还搭建了一个蔷薇拱门。此刻，她眼睛盯着炉火，但其实是视而未见。她拥有温暖，也拥有光亮。有了靠垫，沙发也成了躺卧休憩的理想场所。洗完澡，她没有再穿上衣服，而是在身上披了一条柔软的毛毯。茶几上有一杯葡萄酒，酒杯的旁边是《柳林风声》，还有那一摞未曾翻阅过的书本。

炉中燃烧的木柴散发出一股甜中带辣的香味，她不由想起了祖母亲手烘制的家常杏仁薄脆饼，做好之后，祖母还经常亲自送到他们的公寓；由此，她想起了慈爱的祖父祖母；又想起了圣尼古拉斯送来一大袋礼物时响起的敲门声；想起了小时候隔着蒙了水汽的玻璃窗看着外面的街道——最好是天气不好的日子——而且总是惊喜地看到有人在街上行走，要是运气好的话，还能瞥见一位黑彼得[1]

1 黑彼得（Black Peter），在荷兰民间传说中，黑彼得是圣尼古拉斯（即：圣诞老人）的随从和助手，他们在11月16日来到荷兰，在12月6日之前的三周里周游全国。在此期间，圣尼古拉斯和黑彼得仿佛无处不在。12月5日，称为圣尼古拉斯或圣诞老人之夜，人们相信，那晚，黑彼得会帮助圣尼古拉斯分送糖果和礼物给乖小孩。

骑着自行车飞驰而过；她想起自己也清楚外面潮湿阴冷而家里舒适温暖；想起了巧克力奶和各种礼物；想起礼物包装纸发出的沙沙响声和散发的独特香味；想起灯光昏暗的起居室里大人们的欢声笑语；想起了她自己的心愿清单，有时还会用铅笔将已收到的礼物从清单上划去；她想起只要厨房的日光灯在一阵闪烁后亮了起来，这一切就将告一段落；她又想起躺在床上听到楼梯上传来的重重的脚步声；想起十二月六日心里那种空落落的感觉。一阵阵的乡愁向她不断袭来。也许，这种情绪还可以用另一个词来描述，也许，“怀旧”一词更为贴切，因为它更多的是关乎一段时间而不是某个地方。

鹅开始大声地叫唤起来。她对自己说，我需要一个立体音响，她挣扎着爬起来。她匆匆跑下楼，“咔哒”一下打开了室外灯，然后沿着屋旁的小路跑出去。“嗨！”她大声喊道。“滚开！”她抓起一把碎石子，往鹅场的方向掷去，可是石子马上便被吞没在黑夜之中。“走开！滚开！”又是一把碎石。“嗨！”一块石子从她的手中滑落在地，但小溪的流淌声淹没了石子掉落的声音。鹅又安静了下来。她一下子跪倒在地，抬起头仰望夜空。以前，她从来没有见到过这么多的星星，她从来没有在十一月底的黑夜里全身赤裸地跪在地下仰望星空。

十二月份

27

她的丈夫在整理车库时，一不留神让一只纸板箱砸了脚。箱子里装的是他妻子的书籍和文件，侧面写着："2003—2004学年"。他托起箱子想把它放到架子的高层，可没想到有一根胶带突然松脱，他没能抓住纸箱。箱子先砸到他的胸口，然后箱角着地落在他的左脚背上。他现在穿的是人字拖。他小心翼翼尽量不去劳动左脚，车库的整理工作也就此取消，整个下午他都坐在电视机前，手里端着一杯红葡萄酒：娱乐，都是该死的娱乐节目——他就这样挨过了这一天——今天是十二月六日，星期天。第二天早晨，脚面青紫肿胀，肿得非常厉害，连脚趾缝都看不见了。他找出通讯簿，查过号码，给医生打去电话。他们可以马上安排他就诊，但他必须先上网查一下诊所的地址。他套上跑步鞋，但没有系鞋带，开车时也尽可能避免换挡；踩离合器简直像上刑一样痛苦。接下来这段时间，他也不能出门锻炼了。让车子保持在三档没什么问题，因为从家到诊所的那条路就在附近。路上，他给工作的单位打了个电话，为保险起见，告知一声，他恐怕这一天都不能去上班了。他感觉一定是骨折了。

他走进诊所，发现里面的医生他不认识，是个女医生，他几乎可以肯定原来的医生是男的。她用劲地握住他的手，作了自我介绍，然后坐下去，一半的身子都被挡在电脑屏幕的后面。

"生育能力测试，"她说，"去年十一月份提出的申请。"

“嗯，对的。”他说。

“是在阿姆斯特丹自由大学[1]医院做的。”

“请问你这是在做调查吗？”他问。

“你说什么？”

“你在干什么？”

“我在了解你的病史。”

“一只箱子砸了我的脚，一只很沉的箱子。”

“是的，当然。”

“对不起，你说的是？”

“我是说……”

“对了，你究竟是谁？”

“刚才，我已经告诉你我的名字了。”

“没错，我听到了，但是我的医生不叫这个名字。”

“从一月一日起，这儿就开始联合执业，意思就是，几位……”

“我知道联合执业是什么意思。”

“你刚才说，你的脚。”

“没错。”他脱去鞋子和袜子。

“请到这边来，坐在床上，好吗？”

医生给他检查脚，那动作可一点儿都不轻柔，他就利用这个时间从她的头顶上方望过去，想看看电脑屏幕上的内容。那床离桌子太远了。我决不能急躁生气，他暗暗告诫自己。几分钟之后，他又坐在她的对面，她给他开了一张转诊单。

“还是去阿姆斯特丹自由大学吗？”她问道。

1　阿姆斯特丹自由大学（VU），位于荷兰的阿姆斯特丹，建校于 1880 年，是一所新教大学。

“好的，”他说，“那是最方便的。”

“我觉得，你只是严重的淤伤，不过，我毕竟没长X光透视眼。”

“那是。”他说。

她把转诊建议单递给他。“你可以直接过去。”

“刚才那资料。”他说。

“嗯，什么？”

“只是我一个人的，还是我们俩……一起的？”

那医生仔细地看着屏幕。“跟你住在同一地址的所有的人。比方说吧，这儿写的是你的妻子——或者女朋友——也做了一个生育能力测试。”

“是的，那当然。”他说。

她盯着屏幕，不知道是在打了个字还是摁了下方向键；他什么都看不到。“七月份。”她看到了什么，然后直直地迎住他的目光。“她现在的情况怎样？正在进行治疗吗？”

“情况还算可以。”他说。

“做生育测试的过程中发现一些其他的情况，这种事情并不多见。他们的目的并不是发现那类问题。”

“是的。”他说。接着说呀，他心里在说。拜托，继续说下去呀。

她还是直瞪瞪地看着他。“你根本就不清楚我说的是什么，对吧？”

“是的，不对。”

“对不起，其他的我不能再说了。恐怕我透露的已经太多了。”

“可她是我的妻子！”他说。

“没错。正因为如此，这事才显得非常奇怪。你居然不知道。”

28

雾霭蒙蒙，整个世界似乎都归于静止。几乎没有任何声音，就连小溪的水流声也好似经纱布过滤了一般。她照旧在园子里忙碌。第一棵赤杨木已彻底修剪完毕，第二棵也已剪掉了几根粗树枝。她在做这事的时候非常心平气和。一旦感觉到疲惫，就小心地从餐椅上下来，进屋，在炉子前坐下歇一会儿。喝杯茶，吃个点心，再抽根烟，然后再出去忙活。她剪去粗枝上的细小侧枝，把它们堆放在草坪短边那一头的花园墙边。在她的想象中，遇到这种天气，狄金森一定会足不出户，一边咳嗽，一边叹气，一边创作描绘明媚春日和第一只蜜蜂的短诗。现在，她已经摸索出怎么让锯子顺势而动，所以锯起来轻松多了。猪舍的灯亮着，猪舍的门敞开着；那里面看起来很暖和。薄雾中，朦胧的光线让她想起围着食槽站成一圈的驴子和公牛。就这样，继续锯，她对自己说。心平气和地忙活，在一片小小的天地里，所有的声音都模糊不清。她在屋外边忙碌边想象：餐桌上是铺开的地图，自己再一次尝试进行花园的设计，而这又让她想到，星期一，她将驱车前往卡那封镇，她可以在那儿买一些彩色铅笔；还有一家商店，她打算去那儿买台电视机。黑夜真的是越来越漫长了，她希望可以做到什么都不想，单纯地观赏一档园艺或者古董鉴赏节目，或者也可以观看英国广播公司[1]推出的那档

---

1 英国广播公司（British Broadcasting Corporation，简称 BBC），英国一家由政府资助但独立运作的公共媒体，成立于 1922 年，是全英最大的新闻广播机构，也是世界最大的新闻广播机构之一。

系列节目，上节目的都是那些希望离开城镇、回归乡村并寻求主持人帮助的人们。

她正将树枝搬往花园的墙边，这已经不知道是她第几次往返了，突然，一个人从墙外飞跃而至，随之而来的是一股潮湿的气流，这一跃就像是电影里的慢镜头，也许，那是因为来人的身后背着一个大大的帆布包。那男人跌落在那堆树枝上，身体失去了平衡，向一边滑去。后面的动作似乎也比正常的要慢一拍，不禁让她联想起自由体操运动员的动作。他急忙抓住自己的左手腕，竭力让自己恢复平衡。她呆立在原地，没有动弹。

“哦。”他开口道。这不是个男人，更确切地说，他还是个孩子。

“你摔伤了没有？”她问道。

“没有，真的没有，”他回答，“起码……”

她扔下手中的树枝，向他走去。

“布拉德温。”他说。

“什么？”

“那是我的名字。”他向她伸出一只手。

她把自己的手放进他的手里，说：“艾米莉。”采用的是荷兰语的发音方式。

“这是你家的花园？”

“是的。”

“你是德国人吗？”

“你们这边的人怎么回事？难道这儿就没人分得清荷兰人和德国人吗？”

“对不起。”他发的“Sorry”，“R”带舌尖颤音。

“没关系。不过这实在太奇怪了。”她依然握着他的手。他戴着一顶红色绒线帽，眼睛斜视。稍稍有一点斜视，但足以给人造成困惑。“你的手腕摔疼了没有？”

“疼的。”

她抽回了自己的手。“要不要进去坐一会儿？”

“好的，谢谢。”

“那就进来吧。我去煮点咖啡。”

“萨姆！”男孩大声喊道。

一条狗应声跃过矮墙。跟它的主人一样，那狗也跌落在树枝堆上；同样跟主人一样，它的四肢从树枝上滑了出去。它仓促地爬起来。

“是一只狗。”她说。

“萨姆，”男孩说，“它是我的伙伴。”

“你好，萨姆。”她说。

狗在她张开的手掌上嗅了嗅，又舔了一下。

“它喜欢你。”男孩说。

她捏住狗的下巴，望着它的眼睛。“我也喜欢它。”狗挣脱了。

“太好了。”男孩说。

“来点咖啡。”她说。

男孩先把帆布背包放在挂钟的下方，然后脱下帽子，露出一头浓密的黑发。他没有用手指梳理一下头发。萨姆背靠炉子，趴在地板上，偶尔发出一声心满意足的叹息。她煮好咖啡，在洗碗池上方的窗台上点了几支蜡烛。太阳早已下山。她切下几片面包，给男孩做了个奶酪三明治。她把餐盘端到餐桌上，放到他的面前，他说了声："谢谢你，艾米莉"，他的发音是英国式的。她暗自思忖，那又有什么关系呢？反正，他很快就会离开这里。他吃掉了三明治，又喝了一杯咖啡。吃喝的过程中，他没有说一句话。他的旅行鞋脱在大门口；厨房里飘荡着甜滋滋的味道。

"我还是动身吧，"他说，"天快要黑了。"

"你准备去哪儿？"

"再往前走一段，那里有一家小旅店，可以提供住宿和早餐。"

"还需要走多远？"

他伸手拿过背包，从里面掏出一张地图。这地图跟她刚刚从餐桌上收起来、折叠好、现在放在操作台上的那张几乎一模一样。当然，他的这张地图使用的次数要多得多，原本硬邦邦的纸张已经变得软绵绵的了。他展开地图，食指在上面移动。他的双手结实有力，拇指宽大，有一点儿脏。

"两到三英里。"

"那等你赶到那儿，天可就完全黑透了。"她说。

"是的。"他说。

"他们是否知道你要过去？"

"不知道，我还没打过电话。"他沉吟片刻，"通常，我都是先步行几个小时，然后中午十二点左右打个电话。可是今天还没有打，我也不知道怎么会没打电话。"

"如果需要的话，你可以在我这儿住一晚，"她说，"如果你愿意的话，书房里有个沙发。"

狗打了个呵欠。

"萨姆觉得这个主意不错，"他说，"它在那儿躺着，舒适又温暖。”

“那就这么定了吧。”

“你就一个人住吗？”

“是的。”

她在烧饭，男孩在洗澡，萨姆也悄悄离开了它在炉子前温暖舒适的小窝。她蹑手蹑脚准备上楼，刚爬到楼梯的一半，却看到那狗正趴在浴室的门口，浴室的门关闭着。它抬起脑袋，专注地观察着她。她摇了摇头，便又转身下楼，狗也跟着她下了楼梯。真奇怪，男孩和狗，他们竟然一下子就轻松地适应了这屋子里的生活。她往起居室的火炉里又添了几块木柴，她把炉灶上炖着的汤搅拌了一下。狗又背靠着炉子躺了下来。她打开一瓶红葡萄酒。挂钟的滴答声非常刺耳，鹅“嘎嘎”的叫声十分轻柔。

29

“我正在勘测绘制一条新的长途步行线路，”他说，“其实，是正在筹划。地图上，南部地区已经有了条彭布罗克郡[1]海岸线路，现在，他们希望北方这边也能标示出一条步行线路。”他从背包里拿出一个笔记本，“我把所有的一切都记录下来，只要是看到的全都标记下来，那是地标。有时候，因为刚巧走的是一条死路，一整

1 彭布罗克郡（Pembrokeshire），英国威尔士西南部的一个郡，郡首府为哈弗福韦斯特。东面与卡马森郡接壤，东北与锡尔迪金接壤，北面为爱尔兰海，南面为凯尔特海。

天下来，结果却毫无收获。”现在，他的头发洗过了，整个人看起来跟先前大不一样，脑袋的四周似乎产生了一圈光晕。

“做这件事，你得花多长时间呢？”

“我不知道。对我来说，时间不成问题。”

“怎么会呢？”

“我从大学退学了，从此，再也不会有人来烦我。”

“到现在为止，这事你已经做了多久？”

“一个半星期。”

他从一个塑料袋里把干粮轻轻倒入一只碗里，给萨姆吃，萨姆一眨眼就把它吃了个精光。餐桌上有一锅汤，还有面包、甜菜沙拉、奶酪和黄油。

“我还得找农夫们谈话，去征得他们的同意。农夫和私房屋主。也就是说，这一刻，我们在这儿吃饭聊天，其实我也是在工作呢。”

“这条路线跟我的车道有大约半英里是一致的。”

“完全正确。”

她又给他倒了一杯葡萄酒。前两杯他都是一饮而尽，这一杯他又准备一口吞下。“你是不是担心有人会来跟你抢酒喝？”她问道。

“既然你倒了酒，那我就喝掉。”

“你多大了？”

“二十岁。”

“你学的什么专业？”

“我已经忘了，反正无聊透顶。”

“是你不愿意说罢了。”

他匆匆喝完了汤。他不是用勺子把汤送到嘴里，而是把头埋到碗边。“真好吃。”

“你的手腕现在怎么样啦？”

“没问题。”

“要不要再喝一点？”

“不啦，谢谢。我吃饱喝足了。”他往后一靠，举起两个胳膊，一只手抓住另一只手的手腕伸了个懒腰。他身上褪色的 T 恤衫往上缩起，左腋下露出来一个破洞。“不管怎么说，你还真的不可以拒绝。”他说。

“什么意思？”

“事实上，你真的是不能拒绝。通行权，人们就是这么叫的。我今天走的那条道其实就一直存在，地图上都标出来了，你总不能不让人通行吧。”

“我根本就没见有人从这儿路过，从来没有，我就是唯一使用这条路的人。”

“是呀，今天的事很有趣。在某一个地点，突然出现了一条路，而且这条路很清晰很好走，可是在这之前，我却不断地迷路。”

“我就是顺着这条路走到石阵那儿的。”

“石阵？”

“对啊，你刚才就是经过石阵来到这里的。”

“可是我什么都没有看到呀。”

“今天有雾。”

“我可以再喝一杯葡萄酒。”

她不得不起身再去拿一瓶酒来，萨姆立马变得警觉起来。厨房里很暖和，窗玻璃蒙上了一层雾气。她又闻到了那老太太的气味。她摇摇头，试图摆脱这气味。男孩和狗的身上都有自己的气味，尤其是狗，汤锅的盖子刚才也没有盖上；顺便说一句，这锅是埃文斯太太留下来的。她打开了酒瓶。“你是哪里人？”

“我出生在兰贝里斯[1]。你呢？”

“鹿特丹[2]。”

“从来没去过鹿特丹。”

“我也没去过兰贝里斯。”她尽量把这地名中两个 L 的音发得跟他一样。

第二瓶酒喝完之后，她什么都不想吃了。她感到精疲力竭，她必须服下两片扑热息痛，她必须泡个热水澡。他已经洗过澡，并且换上了干净衣服，舒舒服服地坐在餐桌边吃饭，可这时候的她身上还是在花园里忙活时穿的脏衣裤。她特意喊了好几遍他的名字布拉德温，就是为了叫习惯，似乎是为了回应她，他也一直称呼她艾米莉。或许，真实的情况刚好是反过来的？是不是因为他每次说完一句话都会加上她的名字，她也就开始喊起了他的名字呢？她始终有一种感觉，他好像随时有什么重要的话要对她说，哪怕是在他说过了每句结束时的“艾米莉”之后，这种错觉还是存在，也许那是因为他看她的时候老是斜着眼睛，假如他看着她的眼神是正常的，估计她就不会有这种困惑。

“我先把你房间的火点起来，然后我就洗澡睡觉。”

“好的。”他说。

“房间里有书，大多是英语的。”

---

1 兰贝里斯（Llanberis），位于英国威尔士北部斯诺登山北边山脚下一小镇，在格温内思郡（Gwynedd）境内。从兰贝里斯到伊尔怀德法峰顶架有吊索车可达斯诺登山。

2 鹿特丹（Rotterdam），位于荷兰的南荷兰省，荷兰第二大城市，欧洲第一大港口，曾是世界上最大的海港，亚欧大陆桥的西桥头堡（东桥头堡是中国连云港市），是连接欧、美、亚、非、澳五大洲的重要港口，素有“欧洲门户”之称。

“我也带了本书。萨姆也可以睡那儿吗？”

“我觉得那没问题，我可以在地板上给它放块小毯子。”

萨姆已经往起居室方向走去了。

“我先带他出去一下。”

“明早见。”

“晚安。”他说。他穿上外套，跟在狗的身后出了前门，并随手将门带上。萨姆有点生气，吠了几声。

她上了楼，把柴火放入壁炉准备生火。她环顾四周，看看是否有什么东西需要收起来，又跑去自己的卧室拿来一床羽绒被。“是的，”铺好了沙发床之后，她对着狄金森的肖像说，“是的，这完全是两码事。再见啦。”随即，她走进浴室，从那一板扑热息痛上抠出两片药。两周左右的时间里，五盒药差不多就要被她吃完了，每天早晨醒来后的第一件事便是吃一片止痛药。她尽量不去看镜子中的自己，这倒也并不费劲，因为放洗澡水的时候镜子上已经蒙上了一层水汽。过了一会儿，她泡在温暖的水中，大脑变成一片空白。她听到男孩和狗一起上了楼梯，听到他随手关上了书房的门。狗吠了一声，但男孩提醒它保持安静，它便几乎立即闭上了嘴巴。“不会再发生了，”她对着自己的脚趾喃喃地说，“现在，绝对不会了，我是来自鹿特丹的艾米莉。”她双手轻揉着肚子，这样过了好几分钟后，她用手指梳理了一下头发，头发很短，她感到一阵惊讶。

30

第二天早晨，她起得相当早。书房的门关着，屋子里静悄悄的。她煮好咖啡，摆好餐具，第一次给餐桌铺上了桌布。夜里，雾已散去；现在，太阳懒洋洋地挂在天空。她一看到还剩下一棵半的赤杨木等着她去修剪树梢，顿时便感觉浑身乏力。男孩即将离开；她将不得不独自干活。她坐下来，两手无力地搁在空空的餐盘边。他来了，不是从楼上下来，而是从外面进来，随身带进屋来的是一股落叶的苦涩味。一见到她，狗便显出异常的欣喜。她还是觉得这男孩像个体操运动员：不是吊环上肌肉发达的那一类，而是擅长自由体操的、修长结实的那一型。他脱下外套，顺手将外套挂在椅背上，然后就在那张椅子上坐了下来，坐在她的对面。

“早安。”他说。

“早安。”她说。

“我去石阵那儿了。这个石阵是真的，这个点肯定会出现在步行线路上。”

“这么说，有些石阵不是真的？”

“当然。农夫们有时也会闲着没事干。”

“看到獾了没有？”

“没有。只有晚上才会见到獾。萨姆也没有嗅到任何东西。”

她脱下一只袜子，从桌子下面把那只脚伸到他的跟前。

“那是什么？”

“一个疤。”

“当然，疤我看到了，可这疤是怎么来的？”他的手向她的脚伸过来。自从被咬伤以来，她还是第一次感觉到那动物的牙齿咬进了她的肉里。就在快要接触到她的皮肤之前，他的手缩了回去。

“是一只獾咬的，是在白天咬的。”

“那是不可能的。”

“你是说我骗人吗？”

他用他那种奇怪的、略带躲闪的眼神看着她。昨晚，比现在还要严重；他的斜视。也许是因为喝了酒。“不是。”他回答。

她大腿的肌肉开始微微颤抖，于是她把脚放回到地上，重新穿上了袜子。她倒咖啡。“昨晚睡得好吗？”

“很好，能听到小溪的流水声。”他开始吃饭。狗坐在他的椅子旁边，脑袋稍稍侧歪着，眼睛一刻不离开他。“别急，萨姆，马上就有你吃的啦。”

她在一片面包上抹上黄油，又在上面加了点奶酪。她盯着这片面包看了一会，然后把它吞咽下去。“一会儿就出发吗？”

“是的。”

那就喝一点咖啡吧，这个她总是可以做到的。男孩默默地吃着，萨姆目不转睛地看着他将食物一片片送进嘴巴。布拉德温一会儿看看自己的餐盘，一会儿望望窗外，一会儿又看一眼狗，他还朝挂钟瞄了一眼。“今天我要赶到斯诺登山，”他说，“你有什么好的建议吗？”

“什么建议？”

“去那里最美的路线。”

“一天之内能赶到那儿吗？”

“小菜一碟。我不爬上山去，只赶到山脚下就行了。”

“那个方向，我还没去过呢。”

“你在这儿住多长时间了？”

“一两个月吧。”

“是暂时住一阵吗？”

“不，是长期的。”

“哇哦。”吃完饭，他搓了搓手。虽说昨晚他洗了澡，可是手还是有点儿脏。“这下就轮到你啦，萨姆。”他往炉灶跟前的碗里倒了一点狗粮，“我上楼去把东西拿下来，一会儿就出发了。”

“好吧。”她说。

十分钟之后，他们站在屋外的拐角处。地上的草湿漉漉的，猪舍的门敞开着。花园墙边，赤杨木树枝上的水珠闪着晶莹的亮光。男孩跟她握手告别。“太感谢了。”他说。狗顺着带刺铁丝围栏，一路走着一路嗅着一路吠着。那几只鹅躲在鹅场最远的那个角落里。

“不客气。”她并没有马上松开他的手。这个时候，说点儿别的话应该不会显得怪异，可是她不知道该说点什么。尽管天气并不冷，但他戴上了羊绒帽。“我最好还是让萨姆离那几只鹅远一点。”

“拐过那个弯，你就一直往前走。那扇旋转小门，前不久我刚给上过油。”

他小心翼翼地将手抽了回来。“再见。”他说。他渐渐走远了，狗沿着围栏来回奔跑，他吹响口哨把狗唤回。她只能看到他的两条腿，偶尔还有一边的手肘。男人和狗：男人的腿一刻不闲，一路踢着他跟前的一块碎石子。他刚走到旋转小门旁，萨姆就跑到了他的身边。门没有发出“吱呀”的响声，她给铰链上过油了。然后，他就不见了。狗又吠了一声，最后的一声。

她朝着鹅场走过去，鹅向着她的身边走来。是四只。必定是那天夜里出的事，就是她赤身裸体跪在外面抬头仰望天空的那个夜晚。之后，已经整整一个星期，她都没有再朝它们看上一眼。她跑回屋内，抓起操作台上的那块面包，又跑到屋外，把面包撕成小碎片，从带刺铁丝围栏的上方扔往鹅的身边。她看着她搭建的鹅棚，本该挡住入口的带刺铁丝依然向后折起。也许它们在夜里是钻进鹅棚的，但即使那样也并不安全。此刻，她手拿面包站在这儿，看到四只鹅都那么专注地看着她，不觉想起那一天她曾拼命想把它们赶进棚去。那天，她疲惫不堪、浑身湿漉地侧身倒在草地里，她也曾想过可以用面包作诱饵来吸引它们。可第二天，里斯·琼斯来了，后来，她就把鹅给忘掉了，这事就该怪他。她又自问：我怎么可以这样？怎么可以让这种事情发生？就因为觉得某个人是王八蛋，我就可以对自己应该为之负责的动物不闻不问吗？对了，那个人现在到哪里去了？已经进入十二月了，正是屠宰动物的季节。是什么事耽搁了他？她慢慢移动脚步，穿过旋转小门，走进鹅场，鹅跟在她的身后。她在鹅棚前面撒了一些面包碎片，可它们不吃，它们似乎知道她是想引它们上钩，所以跟她刻意保持一定的距离。她叹了口气，回到小门处。她用绳子将门重新系好，这时候，那四只鹅就跑到棚边，开始狼吞虎咽地啄食面包。“见鬼。”她轻声说，“固执愚蠢的东西。”她看着旋转小门，看着那一排橡树之间的空隙。慢慢地，她开始朝房屋走去。厨房里，早餐的杯盘还在桌上。她拿起他用过的餐盘，闻了一下，又把他的马克杯贴到自己的唇边。这屋子从来没有像现在这样空寂。她没有多加考虑，一把抓起背包，跑向汽车。

31

音乐响彻整栋房屋；厨房的餐边柜上放了一台大型无线电 CD 播放机。电视机还在纸箱里搁着，就在一进大门的地方，她打算以后再去摆弄它。桌上摆了一些毡头签字笔和彩色铅笔。她一边清洗碗碟，一边跟着音乐哼唱那些自己熟悉的歌曲，一边在思考：是“再见”，而不是“再会”。是再见，不是再会。这可能是狄金森某一首短诗中的某一行诗句，不过她的诗句大多在六个与八个音节之间交替。她今天上午走的路其实并不多，但感觉就像跑了一场马拉松。她把奶锅浸泡在洗涤剂的泡沫中，眼睛定定地望着窗外。书房。她还没有进过书房。她赶紧擦干双手，爬上楼去。从沙发上羽绒被的样子，她能判断出他早上是怎么起床的：他是猛一下将被子掀开，起来后也没有整理一下。我需要休息，她想。我太累了。她脱掉衣服，在沙发上躺了下来。书房里有点冷，炉火早已熄灭。羽绒被的被套摩擦她的乳头，她的鼻子碰到被子的横头，早先闻到过的香甜味与落叶的苦涩味一齐向她袭来。她用被子蒙住脑袋，双手轻轻地摩挲着自己的腹部。

后来，她穿好衣服，生起炉火，又在房间里仔细察看了一番。茶几上的那摞书有没有动过？狄金森的那本诗选摊开在茶几上，旁边有几张白纸，他有没有在上面写字？书是不是原本就翻开在这一页的，她记不清了。“乡村葬礼”。假如，她心想，假如是他把书翻到了这里，读到了这一部分，那么……

她坐下来，凝视着窗外，因为她不知道“那么”的后面是什么。现在，树上的叶子已几乎掉光，越过树梢，又可以看到大海了，但是，海在很远、很远的地方。她想起了什么，但那记忆同样模糊而遥远，于是，她起身，找出一个尚未打开过的纸箱，在那一箱书中翻找了一遍。她几乎可以肯定，哈贝格写的那本传记被丢在阿姆斯特丹的办公室里，但结果还是在这个箱子里找到了。她坐到书桌旁，快速翻动书页。翻到 249 页——刚好就翻到了这一页——“既然没有任何东西与‘思想和激情’一样真实，那么，人类最基本的真理便是经由我们的幻想而不是行动得以表达的。”这段文字的下面画着粗粗的红线。这段话说的是狄金森在二十一岁时曾读过一本书，据说这本书与她曾祖伯父的阵发性咳嗽以及其他各种各样微不足道的小事一起，对狄金森产生了实质性的影响。哈贝格是个废话连篇的话篓子，不过她暂且还是把这段话摘抄到了《艾米莉·狄金森诗选》翻开的那一页，然后才合上了那部厚厚的传记。她感觉有点望而生畏，肚子里有一种空荡荡的感觉。不单是空荡荡，还有疼痛，只是今天痛的部位比平常要高一点，持续的疼痛占据了喉咙部和后脑勺。她走进盥洗间，吞服下两片扑热息痛。她很快又该去看医生了，这种样子她维持不了多久。她不知道自己是否撑得下去。在昨天之前，她一直都相信，自己是能够坚持下去的。

32

下午，她把竹桩插进草坪的土里。刚才，她在猪舍里找到了一根坚实的木板条，板条差不多有两米长，现在正拿它用作测量竿：三竿长，一竿宽。她在竹桩之间绑上细绳，在草坪上划出一个矩形。慢慢地，草地上开始出现一条画线，她还没想好要把画线上的草给锄掉，但她计算出了这一块矩形的面积有十二平方米。她不时地直起腰来，抬起头看一看天空的太阳。突然，一只狗的脑袋钻到了她的两腿之间。

“它太想念你了。”

她转过身去。男孩站在猪舍旁，一侧的肩膀倚在墙上。他们回来了，狗没有表露出一点惊讶。它先绕着油罐嗅了一圈，然后就跑到屋后没了踪影。

“现在，它见过你了，就又跑走了。”他还站在原地，“不过，我没有。”

“发生什么事了？”

“没什么。我找不到住宿的地方。一年中的这个时候，这一带什么都不开门营业。”

“你一直走到了山脚下吗？”

“没有。如果到了那儿，现在就回不到这儿了。”他举起一个纸袋，“我带了点吃的。”

“是在文沃尔村的那家面包店买的？”

“是的。我第二次经过的时候，他们已经关门了，不过她还在打扫。她向你问好。”

“她怎么知道你要来这里的？”

“是他们问的。他们问，我从哪里来，要往哪儿去。”

“那你告诉他们了吗？”

“当然。为什么不呢？她还款待了萨姆一顿。‘这只狗送给来自荷兰的女人’，她这么说。‘太好了。’”

狗开始吠叫，也许是冲着那几只鹅。

“萨姆一路上都跑在我前面，好像他非常清楚我们要去哪里。”

“你会画图吗？”

“会吧。要看画的是什么。”

“画一个花园，会不会？”“哦，规划图。当然会，怎么不会？只要给我提供足够的纸张。”

“你会安装电视吗？”

“应该没问题吧。”他看了看屋顶，“那上面有天线，必须想办法把天线接到屋里。”

“你会挖土、推手推车吗？”

“当然会。”

“会烧羊肉吗？”

“没问题。加入蒜头和凤尾鱼。”

“你可以在这儿再呆一天。”

他点点头，终于不再倚靠在猪舍的墙壁上了。

“凤尾鱼？”

“有了它就不需要加盐了。”

“我估计，你从早上到现在都没喝过咖啡吧？”

“没有。如果要把这一段包含在远途步行路线中，旅行指南上一定得说明这段路不太适合冬季，或者说根本不适合。”他指了指猪舍，“你可以把它改造成一家提供早餐和住宿的日宿旅店。”

“进来吧。”她说。

“萨姆！”他高声喊。

刚才，浅褐色的奶牛聚集在花园的墙边，而她却没有注意到；现在，狗从房子的拐角那边飞奔而来，奶牛便四散而去。太阳快下山了；她劳作的一天也画上了句号。

33

丈夫挪动了一下腿脚。石膏很沉很不舒适；座椅摇晃起来。酒吧里来了不少人，一对对的情侣把脑袋紧紧凑在一起，男人的面前放着啤酒，女伴喝的大多是可口可乐。酒吧里四处装点着松枝和小彩灯，一个角落里则放着一棵塑料圣诞树。

“你这是怎么搞的？”警察问。

“一箱子书砸的。”

他们喝着啤酒。

“我发现了一些新的情况，我还是希望能够找到她。”

“什么？”

“胡说。”丈夫把酒杯举到唇边。

“警方无法给你提供帮助，”警察说，“她是自愿离开的，没有任何胁迫的迹象。”

“那我该怎么办？”

“雇一个私家侦探。”

“私家侦探？真的有这种人吗？”

“你难道不知道吗？经常有人找他们提供这类服务的。”

“我当然不知道。”

“到时候可以先上网查看一下。”

“你可以推荐一位吗？”

“没有。即使有，也不允许这么做。”

“佣金贵不贵？”

“相当昂贵，不过他们的工作往往立竿见影。”

丈夫指了指警察面前的空酒杯。

“我来吧，你走路太困难了。”警察起身，去吧台那儿又点了两杯啤酒。他对酒吧招待说了句什么，两人哈哈大笑起来，随后他穿过人群回到他们的桌子。

“你结婚了吗？”丈夫问。

“没有，不过正在恋爱中，对方也是警察。”

“你有没有过……你有过别的女朋友吗？”

“当然有过。那不是太正常不过的事吗？”警察直视着他的眼睛，“你为什么会问这个问题？”

“只是好奇而已。男人之间的谈话，你懂的。”

“这回答真令人失望。那你有过女朋友吗？”

“有过一个。就一个。可她也有啊。”

“这有什么大不了的？你们这些人总喜欢把事情搞得这么复杂。”

“是啊，也许是吧。女人跟男人不同。”

“没有的事，没什么不同。能有什么不同？”

“女人如果出轨的话，一定存在潜在的问题。”

“你是说，你的妻子存在潜在的问题吗？”

“是的。”

“你要不要吃点什么？”

“好的。”

“我去要几个奶油肉丸[1]。”

“我们在这儿干什么？”

“你这话什么意思？”

“你为什么跟我来往？”

“阿尔特！来一份奶油肉丸！”警察高声喊道。

酒吧招待点点头。越来越多的人涌进酒吧，他们把外面的湿气

1 奶油肉丸（Bitterballen），荷兰本土美食，深受人们喜爱。

也带了进来。窗户玻璃蒙上了一层雾气。

丈夫喝干了杯里的酒。

“你为什么跟我来往？我也可以问你同样的问题。”警察说。

“我觉得你这个人还不错。”

“我这人确实不错。你有没有尝试去抓住那个学生？”

“没有。我在那所大学里不认识任何人。何况，那有什么用？我估计，那学生也不会再去上课了。”

“他一定离开学校了。”

“也许在外旅行。在亚洲的某个角落。有可能在印度，去那里发现自我，寻求启迪。”

“哦，是有这种可能。也可能在某个肮脏不堪的小茅屋里，躺在铺在地上的一张烂草席上，易蒙停[1]已经全部用完，而且隔壁还有一个不分昼夜啼哭不止的小家伙。”

“是的，也许是这样。谢谢你。”

“不必客气。”

“我的岳母觉得，我和你一起出来喝啤酒这事很难理解，她认为你应该把我投进监狱。那个酒吧招待是不是也跟我一样？”

“对啊。”

“嗯哼。”

“阿尔特！再来两杯啤酒！”

“她的身上总是有些地方，我从来都无法弄明白，有某个侧面是我永远无法理解的。所以说，这一回她这么一走了之，我也并不是感到特别震惊。”

1　易蒙停（Imodium），一种止泻药，用于控制急、慢性腹泻的症状。

“你发现了什么？是什么促使你突然想将她登记为失踪？”

“她有病。”

“有病？”

“也许是非常、非常严重的病。”

“而她却悄悄离开了，像一只猫一样躲了起来？”

“是的，也许是这样。反正她走了，躲开了我，也躲开了她的父母。”

酒吧招待将两杯啤酒放在他们桌上。“奶油肉丸马上就来。”他说着，一只手在警察的肩膀上停留了大约一秒钟。

“那太糟糕了。”

“上个学年快结束的时候，她跟那个学生之间开始有了事情。”他朝四周看了看。“也许是因为她病了。”

“就是那个你要把人家的鸡巴剁掉的学生。”

“哦，是的，不好意思。那个你是知道的，我们当时正好说到了他。”

“我说那是不允许的。”

丈夫看着警察。“现在我才意识到，当时一定非常可笑。在你看来。”

“那一点儿都不可笑。”

“是啊，当然不可笑。可当时我气坏了。”

“当时，你心里一定很不好受。”

“是的。现在我不再生气了，我希望能尽量去理解她为什么会那么做。”

一个女人将一盘奶油肉丸放在他俩之间。“小心，”她说，“有点烫。”

“谢谢。”警察说。

“不仅仅是她当时所做的事，”丈夫说，“还有她现在所做的事。有的人会做出一些事情，隐秘的事情，而你——具体到这件事，是我——却被彻底排除在外。”

他俩各吃了一个奶油肉丸。

“回家后就上网查一下，”警察说，“找个私人侦探，跟他们电话联系。”

“好的。”

“你当真不知道她去了哪里？”

“不知道。估计是去了国外。”

“为什么会这么猜想？”

“在这儿你能藏多久呢？”

“据我们所知，她完全有可能就在附近。也许越是近在咫尺，却越是遥不可及。”

“那倒也是。”

“你说你岳母希望你蹲监狱？”

“是啊。她认为这一切都是我的错。”

“那你的岳父怎么说？”

“他说‘不对’、‘对’，还有‘闭嘴，妇人之见’。他随心所欲，想怎么说就怎么说。”

他们不再说话，默默吃掉了剩下的奶油肉丸，烫到了舌头便喝口啤酒消解一下。

“咱们去跳个迪斯科怎么样？”警察问。

“天哪！伙计！”

“还要多久才会好？”

丈夫低下头看着脚上的石膏。“三个星期左右，是被她的书砸的。”

警察哈哈大笑。

酒吧里的人越聚越多，声音越来越吵。酒吧招待跟警察打了个手势，丈夫不明白是什么意思。他站起来，抓起拐杖。“我得走了，免得一会儿人太多了挤不出去。”

“事情进展的情况，随时告知。”

“我会的。”

他们握手告别。丈夫出去时顺便结了账。走到门口，他回过头，看到警察坐在吧台旁，酒吧招待看着他离开。外面在下雨。他一瘸一拐走到电车站，一路想象着，现实生活中的私人侦探会是什么模样。玻璃广告牌上有一张海报，一个穿着背心溜冰的男人在做面包广告。一辆出租车沿电车线路飞驰而过，水花飞溅到石膏绑带上。

34

“鹿特丹，”布拉德温说，“那是个美丽的城市，是吗？”

“嗯，”她说，“其实并不美，事实上很丑。”

“所以，你现在才来到了这里？”

他从沙发上一起来就直接过来了，头发乱蓬蓬的，她多么渴望可以用手指帮他梳理一下头发，这种念头从未像此刻这么强烈。她早就注意到，他叹息的样子很独特，每次他一叹息，她都几乎忍不住要去摸一摸他的脑袋，而萨姆似乎也学会了主人一样的叹息。对他来说，只有不断向她提问才显得自然；人与人应该相互交谈。也许，必须由她自己来掌控局面。“闭嘴。”她边说边倒咖啡。

“我觉得那个字很好听。”他说。

“是‘闭嘴’吗？”

“是的。我们就没有这样的单词，一个包含‘你，闭嘴。’这样意思的单词。”

“吃吧。”她说。

他把面包切成片，扔了一片切歪了的给萨姆。萨姆在炉灶前为自己找了一处固定的位置。他给面包涂抹上一层厚厚的黄油。收音机里播放着交管资讯。他一边吃，一边在一张纸上画圈，一会儿用黄色的毡头笔，一会儿又换成棕色的。“我们今天干什么呢？”他问道。

“花园。”

“还有电视呢？”

“哦，对了，先安装电视吧。”

“好的。”他递给她一片面包，“你怎么不吃？”

“早上，我一直都吃得不多。”她说。

“好吧。”他站起来，“我去刷牙。”狗跟着他一起上了楼。

她起身，走到厨房的窗口。外面又是雾蒙蒙的，没有风。这种天气适合干活，可她却不得不倚靠在沥水板上。她点亮窗台上的两根蜡烛，跟着收音机里的音乐轻轻哼唱。炉灶给她带来温暖。水管里传来水流的动静；他关上了楼上的水龙头，整个供水系统发出一声沉重的闷响。男孩和狗一起回到楼下，她听到他打开了前门。“去吧，去逮几只灰松鼠。”他在说话。听到他马上就要走进厨房，她赶紧拿手背擦了擦脸颊。

“什么灰松鼠？”她问。

“是外来的物种，正在侵占这个地区。”

“那就像我一样。”

“没错，你也是外来的。”

“可是你怎么没有放狗来咬我？”

“当然不会。”他身上散发着一股浓烈的牙膏味，“放在起居室吗？”

“应该是吧。”

他走出厨房。穿着袜子的里斯·琼斯显得荒唐可笑，可穿着袜子的布拉德温却不是那样。他脚上是速干旅行袜，蓝灰相间的，上面标有字母 L 和 R 的那种[1]。她听到他在用步测的方法估算起居室的大小，那里的落地灯她是整天都开着的。远处传来狗的吠声，从声音来判断，应该是从小溪的另一边传来的。“找到它了！”男孩高声喊道。

她走进起居室。他正站在房间的一角，手里拿着的是一根穿过天花板下来的电缆线。

“现在，咱们来看能不能把它插到电视机的某个接口上。好啦，激动人心的时刻马上就要到了。”他说。

她得坐下来。落地灯发出黄色的暖光，男孩沐浴在暖色灯光中，他因找到了天线电缆而兴高采烈；炉子里的木炭今天早晨她已经翻耙过了，她没有用火柴，而是像灰姑娘一样用嘴巴把火又给吹着了。她默默看着他先把电视机从纸箱里取出来，放到墙角的地板上，然后单膝跪地，在电视机的背面摸索着拨弄着，T 恤衫向上缩

---

1 R（Right），右；L（Left），左，有这种标示说明袜子是分左右脚的。

起，露出牛仔裤腰带上方的一块后背。“成功了，”他说，“现在，还需要有个电源插座。”

“在那儿。”她指着落地灯插头所在的那个双排插座。

他将电视机的插头也插入插座的插孔，然后打开电视。一个画面立刻就出现了：风大浪急的海面，几只划艇在波涛中颠簸，划艇上有人，周边的海面上漂浮的像是一架小型飞机的机翼。“是真实的救援场景。”布拉德温说，“每天上午九点一刻到十点之间都有。”

“太不可思议了，”她说，“关掉吧。”

他关掉电视，站起身。“要不我现在去修剪树梢？”

“你要是不在乎的话就去吧，我觉得这活太累人。”

“我当然不在乎。”他看着她。

“你不是还要去完成那条线路的勘测吗？”她问。

“当然，那是我的工作。我是拿报酬的。”

“不过你明天不去，是吗？”

“这取决于你。我的时间由我自己掌握。”

“我的时间也一样。”她说。

“或许，咱们可以一起去勘测一段？”

“我倒是很乐意什么时候上那座山去看一看。”

他上楼去，很快又穿着外套、戴着帽子下来了。“要不要用餐椅？”

“要的。椅子还在外面，我忘了端进来了。”她窝在沙发里没有动弹，不过她心里希望这一刻她跟他一起站在门口。

他穿上靴子，走出门去，嘴里唤着狗。一阵冷风灌进了起居室，她点燃一支烟。

过了一会儿，她起身往火炉里添了块木柴，然后开始清扫厨房的地面。炉灶上，一只旧水壶缓缓地冒着热气。偶尔，她望一眼窗外。有时候，布拉德温站在椅子上锯树枝，有时候他正将树枝搬往低矮的花园墙边，然后便几乎彻底地消失在雾霭之中；萨姆不见踪影。她在想，不知他有没有发现她曾经在他的沙发上躺过。

35

她坐在起居室的沙发上，看着电视节目“逃往乡村”。布拉德温开车购物去了，萨姆趴卧在她的脚边。屏幕上出现一对焦虑不安的夫妻，妻子在大喊大叫：“我宁愿死也决不抛弃我的猫咪！”看到这里，她开始无声地哭泣。烧木柴的火炉、厨房的大炉灶、新买的电视机和收音机、男孩和狗，还有花园。“狗。”她说出了声，萨姆抬起脑袋，在她的手背上舔了一下。狄金森远远地避开现实生活，躲得越来越远；她不停地写诗，似乎写诗既是她的生命，也是她生命的终结。这一切，她是怎么做到的？精神生活、人类的真理——抑或说是本真？——是经由我们的想象而不是行为得以表达的。她抿了一口红葡萄酒。永远都是红葡萄酒，就好像它是一剂补药。以前，她的叔叔每晚都会喝上一杯护士姐姐红酒[1]。这种酒现在还会有人酿制吗？在红葡萄中添加了有益健康的矿物质？“看那只猫。”电视上的那个女人说，她正在爬楼梯。楼梯上铺的是难看透顶的地毯，猫就在楼梯的一个台阶上躺着，她既没有抚摩也根本没有关注那只猫。至少，她以为她叔叔每天晚上都会喝上一杯；她

1 护士姐姐红酒（Pleegzuster Bloedwijn），一种荷兰产保健红葡萄酒。

不知道她不在他家时他是不是也会喝，她也不知道那男孩会买回来什么东西。她本想给他开列一个购物清单，可他说不需要。她想给他钱，也被他拒绝了。有那么一小会儿，她想起了她的丈夫，恍惚看到他就在眼前：把跑鞋的鞋带系紧，直起腰来，打开门，就消失了。此刻的他是不是坐在家里，静静地喝着啤酒？他是不是在想：她会回来吗？她喝了一大口酒，点燃一根烟。在这儿，她心里说。我在这儿。现在。电视上的英国女人站在花园里，她的面前是一片草地。“我可以想象自己就在这儿生活，花园里有几只狗，那边的马厩里有一匹马。”该死的奶牛，她心想。

萨姆从爪子上抬起脑袋，两眼盯着大门。接着，她就听到了汽车开动的声音，随即是关车门的声音，再后面是踩在碎砂砾上的脚步声。我不明白，她想。我已孤单一人在这里连续过了好几个星期，我是怎么做到的？

“你又在这儿抽烟了？”布拉德温拿膝盖轻轻把萨姆推到一边。

“是的。”她回答。看到大门打开的一瞬，她不禁微微颤抖一下。

“这对你没好处。”

“我知道。”

“鱼，”他说，“我买了鱼，我准备亲手烹制出一顿美餐。”

鱼，她想。看来我得改吃白肉了。

布拉德温在炉子上的炖锅里搅拌着。萨姆已经吃饱喝足，它这一天的日子就此告一段落；现在，它在起居室里，躺在火炉前面的那块小地毯上轻轻打鼾。她看着男孩的后背，同时心不在焉地在他先前画过圈的那张纸上画着圆圈。她用的是蓝色毡头笔。她已经摆好了餐桌。“你姓什么？”她问。

“琼斯。”

“这一带是不是每个人都姓琼斯？”

“没错。那你姓什么？”

“我不告诉你。”她回答。

他转过身来，带着微笑。

“姓什么有什么关系吗？”她问道。

“没关系。”他回过身去，继续慢慢地在炖锅里翻搅。她起身，绕过餐桌，站在他的身边。他抬头看了一眼，将食指在调味汁里蘸了一下，伸到她面前，她未加思索便在他的食指上舔了一下。她点点头，他也点点头，然后继续搅拌。这情形就仿佛他在这儿做饭已有好几个星期了。她拿起窗台上的那盒火柴，点亮了那儿的两支蜡烛，又从餐边柜拿了个烛台，放到餐桌上，把这支蜡烛也点亮了。她重新坐下来时，听到挂钟发出的刺耳的“嘀嗒”声。

“有一天，一个名叫里斯·琼斯的男人来过这里。”她说。

“呃——嗯。”

“路边那块田里的绵羊就是他的。”

“这栋房子你是租住的？”

“是的。他跟以前的那个住户有各种各样的约定。他狼吞虎咽吃下了几乎半个蛋糕，他的袜子上还有洞。”

男孩看着她，表情茫然。

“我讨厌他。他还要过来送羊羔肉。”

“现在，有我在这儿呢。”他说。

没错，她想。现在，有你在这儿呢。

布拉德温把几只锅端上餐桌，又从烤箱里拿出一个菜。“这是黑线鳕[1]。”

黑线鳕是什么鱼，她全然不知，也全然不在乎。味道闻着不错，她会尽她所能尽量多吃一点。受到饭菜香味的诱惑，萨姆也凑了过来，在她的身旁而不是主人的身旁坐下来。“狗为什么会这样？”她问。

“因为他知道我不会给它任何东西。现在，你是这儿的头领。”

“头领？”

“狗认为我们也是狗。”

“我是一个人，”她对狗说，“一个女人。”

萨姆的脑袋歪向一侧，竭力显出一副伤心的神情。

布拉德温将菜起锅装盘端上桌：土豆、西兰花、鱼肉和调味汁。他又斟好葡萄酒，是白葡萄酒。他举起酒杯。“为里斯·琼斯，干杯。”他说。

“为什么为他？”

“因为他快要给我们送羊肉来了，已经十二月了。”

她的腹部一阵痉挛绞痛，她无法直视他的眼睛。她戳了一点鱼肉，勉强吃了一口。鱼肉跟黄油一样柔软。她咀嚼，吞咽；她又吃了一口。

“好吃吗？”他问。

“味道鲜美。”她回答，头低垂着。

“你怎么啦？”

“闭嘴。”

---

1 黑线鳕（haddock），属鳕鱼科，产于北大西洋的名贵食用鱼，又称“北大西洋鳕鱼”。底栖，肉食性，以无脊椎动物和一些鱼类为食，不善长距离游动，因黑色的侧线而得名，另一特征是胸鳍上有黑点。

她听到他站了起来。她用眼角的余光看到他用一只膝盖把狗推到旁边。她感觉到有一只手、然后是整个前臂抚在她的后背，她闻到了他呼吸的味道。她将头靠在他的胸口。“你在这儿，真好。”她说。她的目光顺着他的裤腿下移，停留在打扫得干干净净的地面。一只袜子上有个字母 L，另一只袜子上有个字母 R。两只宽宽大大的脚。

“我在这儿。”他说。

“你为什么在这儿？”她问。

“闭嘴。”他说，或者说他尝试着说。他的威尔士式的 CH[1] 跟她荷兰式的 CH 发音不一样。

她伸直脖子，将手从自己的肩头反伸过去抓住了他的手。“吃吧，”她说，“饭菜会凉的。”

布拉德温在她的身边绕了一圈，回到自己的餐椅，同时将她的手放回到她的餐盘边。萨姆看看这个又看看那个，神情有一点狂野。男孩坐下来，端起酒杯，举起来。“为十二月，干杯。”他说。

她微笑。“为十二月。”她把自己餐盘上的食物全部吃干净了，这期间，又喝了一杯葡萄酒。现在是他自己在斟酒，所以喝起来不是那么猛。

“我准备今天晚上开始读艾米莉·狄金森的诗。”他说，说到她的名字艾米莉时，音调拉得有点长。

那没关系。就算他看透了她，那也无所谓，说不准他自己的姓也不是琼斯。或许以后，到了某个时候，她会问他，会真的想问问他。我觉得我现在根本就不想了解他的情况，她心想。他只是必须

---

1 “闭嘴”的荷兰语为 Ach。

待在这里。

36

两天后，阳光明媚。她背靠着猪舍，站在那儿，她能感觉到，灰白色的墙砖吸足了太阳的温暖。她说："过来吧。"她手中的香烟冒出缕缕烟雾，烟雾在空气中笔直地上升；薄雾静静地悬挂在溪边的树干之间。男孩放下了装满碎石的推车。他已经把草坪上那个长方块里的草移走，并用赤杨木的树枝将方块围圈了起来。

"去喝咖啡吗？"他问。帽子被他推到后面，扣在后脑勺上，晶莹的汗珠在额头上闪着亮光。

"不是，我们去散步。"

他环顾四周。"萨姆！"

"它不能去，我们必须把它锁在家里。"

"我让它呆在猪舍里，否则它会把屋子弄得一团糟。它可受不了独自呆着。"萨姆从油罐旁边一路小跑而来。布拉德温抓住它的项圈，拽着它进了猪舍。"咱们走吧，快点。"

他们顺着花园围墙，来到旋转小门。

"我们干吗不直接翻墙过去？"

"我翻不过去。"

"你的岁数还没那么大吧。"

"是，我是没那么大。你可知道我有多大吗？"

"我无所谓。"

他们穿过旋转小门，继续沿着花园围墙行走，来到横跨小溪的那根树木。与旁边的田相比较，那块田地势低得多，浅褐色的奶牛在田的另一端吃草。他们能够听到从猪舍那儿传来的怒吠声。有些路段的路面并不窄，他俩完全可以并排行走，但是布拉德温始终走在她的身后。一辆车从什么地方开过；她无法判断车子的声音来自哪里，但这响声倒是让她想起了那辆蒸汽火车。她想象着他俩在火车上，男孩坐在她身边的木凳上。她爬上台阶，内心期待着随时会有一只手来牵住她的手，或者会有一个膝盖抵住她的小腿。来到石阵那儿，她又闻到来一阵椰子的香味，她在想那会不会是金雀花的香味。她在最大的那块石头上坐下来，示意男孩过来坐在她的身旁。他坐了下来。“我当时就躺在这儿，”她说，“獾就是在这儿咬了我。”

他轻轻吸了吸鼻子，身子前后晃荡着。

“你不相信我，是吧？”

“不相信。”

“坐着别动。”

她从外衣口袋里掏出一盒香烟，点燃了一支。

“我们在干什么？”他问道。

“别吭声。”

第二根烟抽完之后，她作罢了。“咱们走吧。”她说。

“好像有什么事情没有如期发生？”他问。

“每次我坐在这儿，总有一只獾会从那丛灌木下面探出脑袋来。”

“是在白天吗？”

“当然是白天。要不，难道你以为我会半夜三更跑这儿来坐着吗？”

“我从来没有见过獾，没见过活的。”

“我见过，见过三次了。”

“呃——嗯。”男孩说。

“走吧。”

走到台阶那儿，周围的一切变成模糊一片，随后又变成了暗紫色。等她清醒过来，发现自己的身体趴在一根横杆上，而男孩则双臂环抱住她，他的胸口紧贴着她的后背。她看到了茂密的杂草、锈蚀的带刺铁丝栅栏、树桩及朽烂的柱子，还有烂泥。她听到了萨姆的悲咽，隐隐意识到他在很遥远的地方，也许正在大声嚎叫；她也听到了鸟儿焦躁的鸣叫。那是什么种类的鸟？她问自己。我想知道。没有时间，没有时间了。她闻到一股酸腐味，她一直以为那是落叶或朽木的气味，是她此刻正用双手撑着的木杆的气味。她感受到了男孩的身体，好像他的身体自上而下黏附在她的身上。他呼吸的气息喷在她的后颈，他的前臂紧紧夹住她的肚子，似乎他害怕会有什么东西从她的体内掉落出来。“没事，没事，”他口中喃喃着，鼓励她保持镇静。就跟她口中的“ach[1]”一样，荷兰语中也没有与英语中的这个“没事”相对应的单词。她不知道他是否意识到她早已恢复了知觉。我必须吃东西，她想。我必须多吃一点。一棵树上有什么东西在动，有个东西在顺着树干往下滑。一只灰松鼠跑到了小路的另一边。它停下脚步，坐直身子，细小的前爪谨慎地交叉在胸口。它似乎在看她，随后就撤退跑开了。如此微小的一个生灵，它

1 荷兰语，意为“闭嘴”。

会不会认为我是一只体型略微有点超大的松鼠，而且背上还趴着另一个同类呢？在松鼠的眼里，在狗的眼里，人类是否就跟它们一样？她没有直起身子，她希望男孩就这样抱着她，时间再长一点。她一直看着松鼠，一直到它最后爬上了路边的一棵树。这一切的发生都悄然无声。那只鸟也默不出声。我必须让他离开，她猛然意识到了这一点。他必须离开。我不能这样。“我不会倒下去的。”她说。

男孩松开了她。“就在一分钟之前，你倒下了。”

“不会再倒了。”

“你能爬过去吗？”

“我想可以吧。”她抬起一只脚，踩在最下面的那根横杆上。我那被獾咬过的脚，她想着。她的另一只脚也踩了上去。她将一只手从横杆移到竖柱上，她知道自己能够做到。她站到了另一边，她微微喘息着，转过身来，面对男孩。这时，她看到了那一群黑牛，就是她涉入水池那一天看到的同一群牛，它们浑身乌黑，像男孩的头发一样。她的目光从他的头发移向他的眼睛，深灰色。她没有办法直视他的双眼，永远不能同时直视他的两只眼睛。她总得选择，要么左眼，要么右眼。

37

布拉德温又在做饭。他无需吩咐，主动做饭，而且似乎乐在其中。今晚，他做的是意大利面，还配制了一种调味汁，不知那里放了什么其他配料，反正有大量的蒜。“这东西有益健康，”他说，“你应该尽可能多吃大蒜。”下午，开始起风了，而且越刮越猛；收音机里是播报过大风警报的。藤萝的一根枝蔓不断拍打着厨房的窗户。“那根枝蔓一定是从紫藤上挂下来的。”他说。她尽量从正面去看待这件事：身边有一位拿主意做决定的人，他会告诉她什么事情需要去办，还会——必要的时候——紧紧地抱住她。他一刻都不愿意耽搁，没等吃过晚饭就问她修枝剪在哪儿，然后拿起一张餐椅出门去了。她只能看到他的两条腿，窗台上的蜡烛光照在他的腿上。狗呆在屋内，但他昂着脑袋、竖起耳朵站在炉子前面。紫藤，她在想，这在荷兰语中是怎么说的？她能听到起居室的烟囱里传来风的怪声呼啸，火炉也呼呼作响。餐桌上放着一瓶启了封的红葡萄酒。

“你必须离开了。”他一回来，她就说道。

他的手里拿着一根紫藤的枝条，头发全都被吹向了一边。

“去一家提供住宿和早餐的简易旅店，然后走一天的路，再去下一家旅店。”

“不行，”他说，“现在，我要去把你的晚餐端过来，然后再给你倒一杯葡萄酒。”

“明天就走。”她说。

“不走。”

“那就上菜，倒酒。”

布拉德温把藤萝枝放在地上，倒了两杯葡萄酒。他边吃晚饭边微笑，他什么都不说，但一直在微笑，一直在喝酒。他再次把他们的酒杯斟满，最后用手指梳理了一下头发。他轻轻吹响口哨唤狗，用一根手指揉揉眼睛，舔了舔手里的刀叉。

“你没把我的话当回事，对不对？”她问。

“是的。”

她叹了口气，再一次尽量让自己从正面去看待这件事。一杯半的葡萄酒下肚之后，这显然容易了许多。

“我会留下来。”他说。

“再说吧。”

“花园还远没有完工，我估计你一定希望在某个具体的日子之前让它完工吧？”

“你怎么会有这种想法的？”

“这只是一种感觉。”

“有时候，我也有各种感觉。”

“真的吗？”

“而且，我觉得那些感觉相当累人。还是再倒点酒吧。”

这一刻，屋外风声呼啸。竹子虽说已经过修剪，但还是在蹭刮这厨房的外墙。不时地，有什么东西拍打到窗玻璃上。狗已经睡着了，但睡得并不安宁，偶尔发出几声呜咽，四肢颤搐。

布拉德温又给她斟满了酒。“它在做梦。”他说。

“对了，你觉得狄金森怎么样？”她问道。

“没觉得怎么样。”

“没觉得怎么样？”

“我还没读呢。我不懂诗词。”

“你应该离开，这又多了一个理由。”

他又笑了，或者更确切说，他继续微笑着。“来点咖啡吗？”

“你有手机吗？”她问。

“有的。”

“你用过吗？我都没见过你用手机。”

“没用过。我什么人都不认识。”

“当然，那是胡扯。”

这话似乎连萨姆也听懂了，它醒过来，吠了一声。它站起来，走到厨房与起居室交接的地方，站在那儿喘着粗气。

“如果我是你，我会小心一点的，”男孩说，“它会咬人。”

“你有父母亲吗？”

他有片刻的迟疑。“当然有。”

“看来，你还知道有父母。难道你不需要偶尔给家里打个电话，告诉他们你的近况吗？”

“我现在在这儿呢。”

她突然生出一种极为强烈的欲望，她好想抓住自己的乳房，把有些事情弄个明白。她差一点就这么做了，但是没有——她还是克制住了，双手悬停在半空中——她碰翻了酒杯，开始哭泣。男孩什么都没有做，他只是一动不动地呆在原来的地方。她站起来，朝楼梯走去，走过狗的身旁，它舔了舔她的手背。她放好洗澡水，往浴缸里挤了一长条泡沫浴剂，天然草本的。盥洗间的门——整栋房子里唯一可以上锁的一扇门——她没有上锁。她脱掉衣服，跨进浴缸。说到底，只有在这里，她才会感到放松舒适：浸泡在热水中，感悟着自己的身躯，它完美无瑕而又不思妥协，尤其是决不与外边肆虐的狂风暴雨相妥协。她的眼前浮现出迪克森花卉中心的一个个货廊、一排排蔷薇花丛，她想起了暮春时节飞舞的蜜蜂。那就来吧，她在心里说。

38

窗玻璃被刮得“叮当”作响。她正在想着，刚才刮过的那一阵风或许是最猛烈的，也就在那一刻，传来了更加猛烈的如雷的怒号。卧室的门被吹开了一半，楼梯平台传来哗啦啦的响声，她钻到了被窝中间。她紧紧地搂住自己的身子，隔着薄薄的睡衣抱住胸部，两只手夹在两腿之间，膝盖高高抬起，像是也要来拥抱自己，她的身上散发出一股瓶装草药的气味。风是从爱尔兰海[1]呼啸而来的。她摇摇头，想驱走脑海中出现的大轮船的景象：酒吧里，啤酒瓶和油炸零食四处滑动；墙上，图画来回晃荡；红地毯上，轮盘赌球上下弹跳；小舞台上，一个小丑倒向一边，朝着舞台的一侧狂吐不止。她吞咽了一下，开始想象布拉德温正在一个蓝边正方形里，只沿着对角线移动，他穿着短裤，但脚上却穿着带有字母L与R的袜子，袜子有点往下滑了。他倒立着转圈，手肘缩进去，脖子上的静脉鼓胀起来。萨姆坐在蓝边正方形的边缘处，看着主人在空中飞一般地翻腾跳跃，然后两腿笔直稳稳地落在正方形场地的一角，最后举起一条胳膊，露出腋窝，萨姆在这一刻开始吠叫起来。肆虐的风雨中，什么东西发出嘎吱的响声，不，它比嘎吱声更加惊心动魄：是古老的、活生生的树木被连根拔起的巨响。她发现，现在她不再想到从前，有关她的丈夫、那个学生、她的叔叔、圣诞节以及香甜的圣诞老人形状蜡烛的所有记忆，都从她的脑海里彻底消失了。“啊。”她说，因为那支蜡烛此刻便在她的大脑中出现，它已燃至圣诞老人的腰部，在圣诞纸桌布上积起了一摊蜡油，蜡油的旁边是一盘花椰菜乳酪和薄片烤牛肉。还有她的母亲，母亲的圣诞晚餐从来都不可能好好享受，只因她老是在担心电视机顶上圣诞饰物中

---

1 爱尔兰海（Irish Sea），北大西洋属海，位于爱尔兰岛和大不列颠岛之间，北界苏格兰，东界英格兰，南界威尔士，西界爱尔兰。北经北海海峡、南经圣乔治海峡同大西洋相通，总面积约10万平方公里，海中有马恩（Man）和安格尔西（Anglesey）两个大岛。

间的那几根蜡烛，眼睛一刻都不敢离开。她在考虑，她是否该起来了。下楼去，坐到炉子边抽根烟？也许，沏一壶茶？

她一骨碌坐了起来，将羽绒被掀到一边，站到地上。她一只手撑在窗玻璃上，她能感受到窗上的压力。有那么一秒钟的样子，她的眼前一片漆黑；她起来的动作太快了。远处的灯光忽明忽暗，不对，那是树枝在在暴风雨中来回晃动，挡住了光线。她拉开房门，摸索着来到楼梯处，一只手紧紧抓住平台的栏杆。楼下，起居室里，火炉里的木柴还在闷燃，微弱的红光映照着前门口印有“欢迎”字样的门垫，还有门垫旁男孩的旅行鞋。

她点亮窗台上的那两支蜡烛，将水壶放到最烫的那块加热板上。竹子蹭刮在侧墙上，有个地方有一扇门呼呼地响着，那是猪舍的门，她能听到老式门把手上金属发出的叮当声。现在不在下雨，窗户是干的。壶里的水开始沸腾，她倒满一杯水，又往杯子里扔进一个茶包。她一边等着茶泡开，一边轻揉自己的额头和两边太阳穴还有腹部。什么都没有。外边，什么都没有。她拿起桌上的那包烟，点燃了一根。茶水太烫，她的舌头被烫了一下，她低声诅咒了一声。第一根烟掐灭之后，她立即又点了一根。她坐在餐桌和炉灶之间的那张椅子上，转过头去看墙上的钟。风声喧嚣，她听不见挂钟刺耳的嘀嗒声。现在是凌晨二点十分。她听到了另一种嗒嗒的声音，是从起居室的方向传过来的，等她看到狗走进厨房，才意识到那是狗爪子踏在楼梯上发出的声音。“嗨。”她说。狗低垂着脑袋，慢慢靠近她的身边，一副懊悔的样子，不过，她可想象不出它是因何懊悔。“你也睡不着吗？”她问。萨姆专注地望着她，目光跟随着她嘴里吐出的烟雾移动，然后将脑袋搁在她的膝盖上。它的叹息使她睡衣的下摆微微一颤。她掐灭了手中的烟，一只手抚摸着它的脑袋。“你的主人在哪里？”她悄声问。狗开始轻声呜咽。

39

第二天上午，风彻底地停息了。一棵橡树倒伏在地，树冠悬在小溪的上方。布拉德温站在树边，一只手拽住一根树枝，另一只手里拿着锯子。之前，他已经把猪舍的门修好了，狂风把门从铰链上吹脱落了。她肚子紧贴在炉子上，看着他的一举一动。她拿起她几个小时前用来喝茶的那只杯子，将它放到水龙头下接上水，给窗台上的三株开花植物浇水。萨姆嘴里衔着一根树枝，从草坪上跑过。奶牛站在花园墙边观看着，显得好奇而活泼。她张开手掌，抹去了操作台面上的面包屑，吸了吸鼻子。那老太太的气味，究竟是来自厨房还是她自己的身体？咖啡壶发出轻轻的“噗噗”声。

“我觉得快要下雪了，”男孩一进门就说，“天冷下来了。”

“呃——嗯。”她说，但没有转身。

“咱们去爬山吧。”

“你难道不需要继续忙你的行走路线了吗？”

有一秒钟的样子，身后静静的。“当然要的。”

“现在不用吗？”

“现在不用。”

她叹了口气。

“眼下，我有别的事要操心。”

“比方说？”

“蔷薇花圃、圣诞树。”

她转过身来，但身体并没有离开炉灶。“圣诞树？”

“对呀。圣诞节快到了。”他站在餐桌旁，帽子拿在手中，乌黑的头发粘在额头上，衣领上有几块橡木碎片。今天，他脚上标有字母 L 和 R 的袜子是红蓝相间的。

“要我帮你洗衣服吗？”

“你不必这么做，”他说，“不过，我确实有几件脏衣服。”

“那就这样吧，你挖地，我洗衣。”

他看着她，但没有开口。

“我想，你现在一定想喝杯咖啡吧？”

“是的，谢谢。”终于，他坐了下来。

“狗到哪里去了？”

“沿着鹅场的围栏来回跑动，它这种样子已经有一阵子了。”

“为什么？”

“谁知道呢。”

“你对鹅有了解吗？”

“不怎么了解。”

她倒了杯咖啡，放到餐桌上，在他的面前。“吃块饼干吗？”

“好的，谢谢。你怎么不吃呢？”

“我不吃。”

“为什么不吃？”

“布拉德温，”她说，“别再问了。”

“好吧，”他说，“可你今天还没说过‘闭嘴’呢。”

她的脸上露出微笑，在咖啡杯旁边放上一块饼干，然后，她走过他的身边，朝餐边柜走去，打开收音机。

“好吧。”男孩说，声音不大，“那也是一种方式。”

她站在大门口，本来是想问问他哪些衣服要洗，但一看到他弯腰弓背的样子，便不再开口。他在挖地，那她就去洗衣服。她左手扶着栏杆，吃力地爬上楼去。她先去盥洗间吃了一片扑热息痛，然后穿过楼梯平台。她已经好几天都没进书房了，房间里冷飕飕的，橡木书桌上方的窗户往上拉开了一条缝。那本《艾米莉·狄金森诗选》还跟当初一样放在原来的位置，她写过字的纸张在轻微地抖动。她伸出三根手指压住书页，俯身去看下边的花园。布拉德温干起活来有条不紊：那块长方形，他已挖好了一大半，整成一垄一垄的。现在，他把铲子插在土里，跑到旧猪舍的门口，门开着，他正站在那儿朝地下室张望。他的肩膀冒着热气，外套搭在花园围墙上。他在那儿看到了什么？让床垫平直[1]。自打布拉德温来后，她几乎没有再想到过狄金森。她走到壁炉台旁，一个带有四只金属夹子的棕色矩形物件靠墙摆放在上面。显然，这幅肖像有什么东西不招这男孩的喜欢。她把肖像转回到正面。

她从壁炉台旁走到沙发跟前，把被子整理了一下。沙发背后有一堆衣物：牛仔裤、几只L和R袜子、一件T恤、几条内裤。他的背包扔在屋角。她略微犹豫，然后飞快地将衣物扎成一包。离开房间之前，她透过小小的后窗朝外面看去。萨姆鼻子贴近地面，还在鹅场边不懈地来回奔跑；那几只鹅聚拢在一起，鹅棚就在它们身边。天空灰蒙蒙的，带点儿灰黄。

她来到厨房，在洗衣机旁蹲下，将他的衣物一次接一件放进洗衣机。那老太太的气味，不管它是缭绕在厨房还是从洗衣机中渗漏

---

1 摘自《艾米莉·狄金森诗选》。

出来或是来自任何其他地方，反正都抵挡不住他蓝灰相间的鞋袜散发出的浓浓的酸臭味。他必须离开，她心想。最好今天就走，别拖到明天。为了将洗衣机塞满，她把自己床上的东西取下来，将羽绒被套、床单和枕头套都加了进去。让枕头圆软[1]。收音机里，威猛乐队[2]正在演唱那首“想你在去年圣诞”。

40

这一次在迪克森花卉中心，那个红发男孩脸上的表情与上回大不一样。他头戴红色圣诞帽，在停车场里四处走动，看哪儿有需要就去帮个忙。布拉德温拖着一棵圣诞树，紧跟在她的身后，那男孩看到他们从门口出来，便一下停住了脚步。她看得出他在犹豫：他大概无法假装原本是迎着另一个人而来的。天空中飘着小小的雪花。花卉中心里，所有的工作人员都戴着红色圣诞帽，到处摆满了装饰华美的圣诞树，连咖啡角吧里的桌子之间也不例外。广播里播放着一首圣诞颂歌。蔷薇花被移到了别处，腾出来的空间现在则被满是蜡烛和其他圣诞用品的货架所占据；她转了好一会儿才终于找到了它们。她先挑选了十二盆蔷薇花丛，又让布拉德温去选一棵圣诞树。她只是觉得可以将圣诞树放在墙角，装扮一下，就这么简单。然而，他却挑了一棵带根的。那有用的，他说，因为到了一月

1 摘自《艾米莉·狄金森诗选》。

2 威猛乐队（Wham！），由乔治·迈克尔（George Michael）和安德鲁·维治利（Andrew Ridgeley）组成的摇滚乐队，两人是高中时代的好友。首张专辑《异想天开》（1983 年）一经推出，就在英国的排行榜上名列第一，1986 年解散。在中国最为出名的单曲当属《想你在去年圣诞》（Last Christmas）（1984 年）。

份就可以将它移植到花园里。她看他拖着树在货架间穿行，意识到他们还需要再买上一些小饰物、金银丝和圣诞小彩灯。

手推车上的蔷薇花盆发出哐啷哐啷的响声；她都不想看到它们。她的脑袋开始疼痛起来。

“没事吧？”从红发少年的身边经过时，他问她。“没事，今天我有帮手。”她一边答，一边向边上瞥了一眼。她听到布拉德温说了声：“嗨，伙计。”语调相当欢快，那无疑有所意味。那男孩朝别处看去，扫视了一圈停车场。留在车里的萨姆开始兴奋地吠叫起来。

车子上了车道，布拉德温开得十分谨慎；积雪有一英寸厚。她坐在车里，双手放在膝盖上，她数了一遍鹅的数目。那四只都还在，由于四周是白雪皑皑，在她眼中，它们显得那么肮脏，鹅嘴的橙黄是那么鲜亮。那些绵羊的颜色看着也比平常深多了。她朝前方的房子看了看，发现雪地上有车胎轧出的车辙。

“有人来过这里。”她说。

这一次，门上没有字条。

我有多久没给那些小动物喂过东西了？她问自己。后来，她给鹅送过去几块面包，路上发现，车辙是穿越鹅场而来的，那些绵羊都聚拢在围栏附近。

41

第二天早上，积雪有两英寸厚。昨天，男孩将蔷薇花放在了新翻耕过的泥土旁边，现在，蔷薇的叶子已经完全白了。

“我得去一趟卡那封镇。”吃过早餐，她说。

跟平常一样，布拉德温吃得很多。咖啡刚刚煮好。

“我们去那儿干吗？”

“是我去。”

“你去那儿干吗？”

“那不关你的事。”

“需要我开车吗？”他尽量让自己看不出受到了伤害。

“不需要。”

别的话，他没有再说。

“谢谢你。”她说。

“那我干什么呢？”

“你想干什么就干什么。也许你该给你父母亲打个电话，起码打一个。”

他吸了吸鼻子，伸出大拇指，朝肩膀后面一指，那儿是靠墙边的楼梯。“你帮我洗衣服，谢谢啊。”

她点燃一支烟。“你把起居室的炉火生起来，愿意的话，你自己房间的火也生起来。”

“剩下的木柴不多了。”

“用完就用完了吧，到时再说。”

“圣诞树要不要装扮一下？”

“你看着办吧。”

“放哪里呢？”

她环视了一下厨房，餐边柜旁边的角落里没有东西。她拿手中的烟往那儿指了一下。“那儿怎么样？”

"那个位置不错，我们在起居室也能看到。可是，种在什么容器里好呢？"

她没有看他。她不能看他。一棵带根的圣诞树，可以种在什么容器里呢？她掐灭了烟头。"去猪舍里面或者外面和背后看看，也许可以找到什么东西。我不知道。"

"我会找到东西的。"男孩说。

狗从地上站起来，来到她的身旁，开始舔她的手。她开始哭泣。

男孩没有站起来。"没有必要哭，"他说，"我不知道你为什么哭，而且我知道即使我问你，你也只会回答一个'闭嘴'，那解决不了任何问题。但是，真没有必要哭。"

"是没有。"她说，吸了吸鼻子。

"不管你去卡那封是要做什么，反正等你从那儿回来，圣诞树已经放置妥当，起居室的炉火也已经点起。过一会儿，我会去文沃尔村，到时候，新鲜的面包也会有。不是因为你担心吃饭问题，反正面包会有的。我也不会给父母亲打电话，我不会给任何人打电话，因为我现在就在这儿。今天下午五点一刻，你会坐在沙发上，打开电视，看你的"逃往乡村"；你看电视的时候，我就做饭。煮鱼。你会吃鱼，还会喝下两三杯葡萄酒。也许，茶点过后，我们会合计一下花园的规划或者看一部电影。圣诞前后，英国广播公司总是会播一些非常好看的影片。然后，你就上床休息。只要你乐意，我可以提前一个小时把你卧室的火生起来，我可以随时给车挂上拖斗，开着它去采购新的木柴，甚至由我来付钱也没问题。我和萨姆还将睡在各自的地方，我们就在这儿。那位名叫里斯·琼斯的牧民承诺要给你送来羊肉，我们就在这儿等着。”

她坐下来。“是的，”她说，“羊肉。他昨天来过这儿的。”

“我看到了。”

“他是给绵羊送干草来的。”

“那个，我也看到了。”

“我一直觉得你像个体操运动员。”

“什么？”

“做自由体操的那种。”

“这还是头一回听人这么说。”

“你走路的时候，坐着的时候，锯树枝或者掘地的时候，我都这么觉得。”她本想再点一根烟，但还是算了，因为点着了，她就必须将烟抽掉，而她现在只想洗澡。泡个澡，然后出门。她站起身。“你的‘我们’说得太多了。”她说。

“那是因为我们在同一屋檐下。”

“我想，那就是我哭的原因。”

“胡说八道。”

“是真的。”她离开了厨房。一进盥洗间，她就把最后的三片扑热息痛全部从药板上抠了出来，用几口冷水将药片送下肚子。

她的车开得非常慢；较窄的路段都没有铺上砂砾，下坡的时候，她紧紧地抓住方向盘。通往卡那封镇的双行车道上倒是铺上了砂砾，不过，她在路上偶尔看到的那几辆车跟她一样也开得十分缓慢，似乎每个人都期待着雪花随时会再次飘落下来。我绝不可以贪图安逸，她告诫自己。蜷缩在火炉边，一切任由他掌管，任凭狗舔舐我的手掌。她将车子停靠在一个路侧停车带上，没穿外套就下了车。她翻过护栏，在雪地中走了很长一段路，然后折返。她看看雪地上自己留下的脚印，又看看停靠在路边的车子，她一阵寒颤。就是这样，她想。情况就是这样。她的鞋子湿了，她的脚趾冷了。停在路旁的一辆空车，光秃秃的树，光秃秃的山，天寒地冻。那只獾不再现身；站在水塘中，水没到我的腰际，口袋里没有重物。老太太的气味渗入了我的体内，就是这样。情况就是这样。

42

一进门就是候诊室。跟上回一样，这次，候诊室里也没有人。没有接诊员；门铃响起来，宣告有人进来了。候诊室里有四张椅子，她在其中的一张上坐下来等待。大约五分钟过去了，还是没人喊她进去，于是她便点燃了一支烟。诊室门的那一边，没有传来任何人的说话声。偶尔有人从窗外经过，会好奇地朝里面张望一下。一张富美家[1]茶几上面，放着一个干净的烟灰缸和一堆杂志。

“啊，是獾咬女士来了。”

她抬头看了一眼，叹息一声。

“别这么排斥，”医生说，“我只是开个玩笑。进来吧。”

他面前的桌子上空无一物，刚看过的文件也不在桌上。这儿几乎到处都有人抽烟，对于这一现象，她早已习以为常，所以她刚才

1 富美家（Formica，亦译作福米加或弗米加），一贴面材料商标名。公司成立于 1913 年的美国，生产各种层压塑料制品。产品具有坚硬、平滑、耐用的特点，适用于工作台、柜门及其他表面处理，广泛运用于家具、火车、汽车、橱柜、船舶、电梯等方面。

在候诊室也没有把烟掐灭。现在，她把烟掐灭了，将烟头扔进了他半满的烟灰缸。她看着墙上的十字架，注意到已经有人把它扶正了。

“你现在的发型很好，一边略短一点。”

“谢谢你。”

“雪莉是位经验丰富的发型师，再说了，她也是最后留下来的理发师了。”

她看着他。

“这么说，你觉得现在有必要过来了？”

“什么意思？”

“有必要来见我。”

“没错。”

“我能为你做点什么？”

“开点镇痛剂。”

“你可以直接去药房买，没有必要来我这儿开处方。”

“我说的不是阿司匹林或者扑热息痛。”最后的那个词听着有点奇怪，她拿不准那是不是英语。

“那你说的到底是什么呢？”

“那得由你来说。我可不知道。”

“先过来，坐下。我得先检查一下你的脚。”

“我的脚没有任何问题，已经好了。”

“请吧。”

我决不能不合作，她心想。反正，这也没有害处。她坐到床上，脱下湿鞋子和湿袜子。脚上的皮肤起了褶皱。我可以先躺下来，她想。先躺下来，屈服投降，看看会发生什么，然后见机行事。

医生抓起她的左脚。“伤口愈合得很好。伤口后来没有出现其他的问题吗？”

“没有。用苏打水浸泡，效果的确神奇，你说得完全没错。”她的目光越过医生的肩膀，看着墙壁。这一刻，她才发现——也许是因为光线照射的角度不同，或者是因为她现在没有死盯着它看的缘故——那张 HIV 海报上的其实是一个肤色黝黑的男人的裸体。不是正面，而是侧面，突兀的屁股，聚焦柔和而模糊。现在她才明白了底下“出口”两字的真实含义。这海报挂在这儿一定有很长时间了，她不明白眼前这个男人为什么要把那种东西挂在自己的诊室里。她相信，在这个小镇上，这样的画面不会引起很多病患的共鸣。

医生握住她的手，用两根手指为她搭脉。“嗯哼。”他说了声。他两只手夹住她的脑袋，用拇指翻起她的上眼皮，仔细观察她的眼睛。接着，他一只手自上而下摸了摸她的手臂，另一只手则抚住她的膝盖。假如我自己不抽烟，她心想，他的口气一定难以忍受。“头疼吗？”他问。

“是的。”

“没有其他不适吗？”

“有。”

“还有什么问题？”候诊室的门铃响了，他朝门口望了一眼，并抓住时机咳嗽起来，而且没有拿手捂住嘴巴。

她顺势从床上滑到地上。极短暂的一瞬间，她就站在他的跟前，他立马后退一步。他的脖子瘦骨嶙峋，喉结上还有几根没有刮净的胡茬。这个人，刚才还一只手抚着她的膝盖，跟萨姆把脑袋搁在她的膝盖上差不多，可他竟然会那么迅捷地一下躲闪到了一边。她在椅子上坐下，点了根烟。第一次，她觉得自己总算是了解了这个男人的底细。

医生也坐了下来，他可不甘示弱。

两个人一起坐在那儿，两个人都抽着烟。“你应该明白，我不可以就这样随随便便给人开强效镇痛药，是吧？”

“我不明白。为什么不可以？”

“我们有这么一个东西，叫做医疗行业道德准则。”

“不过，那一天在发廊里，你似乎并不担心有这么个东西。”

“啊哈。你是说我不应该跟雪莉谈论我的病人，是吧？那个跟无缘无故给人开药可不是一回事。”

“无缘无故吗？谁说的？”她把一口烟雾喷到他的脸上。

医生回敬了她一口烟雾。“那我再问你一遍，你有什么问题？”

“我病了。”

“是什么病？”

“我不知道。”

“你没有进行过治疗吗？在荷兰也没有？”

“当然治了。”

“那你为什么不肯告诉我是什么病？”

“那与你无关。”

“我是医生，我必须遵守规范，必须凭良知行事。”

“我只是个偶然进来的病人，也许明天一早就回荷兰了。被獾咬伤只是个意外。我只不过是个游客。”

“你哪里疼？”

“全身都疼，有时候就像是整个身体都患上了牙疼。”

“牙疼？”

“就像你因为牙疼去找牙医，你以为自己知道哪颗牙齿在疼，而牙医给治的完全是另外一颗，你虽然感到不可思议，可是到第二天，你的牙齿却不疼了。”

“嗯哼。”

“我还会闻到气味。”

“这只能说明你是健康的。”

“不。那些东西根本就不存在，或者仅仅存在于我的想象之中，可我却真的闻到了它们的气味。”

医生并不关注这一点。“假如我给你开了这种药物……”

她盯着他，竭力想猜测他接下来会提出什么问题。“我是个游客，”她再次申明，“独自一人，只是碰巧来到这里，我也完全可以去班戈找个医生。”

“我不能允许你这么做。”

她朝着烟灰缸示意了一下，现在里面已超过半满。“你现在在干什么？”

“你什么意思？”

“你坐在这儿，没命地不停地抽烟，头顶的墙上就是一个十字架，还有一个光溜溜的黑屁股，你居然还拿它开玩笑。难道就没人来制止你吗？”

他望着墙壁。“我不太明——”

“你这样子抽烟，难道无所谓吗？这没关系吗？”

他颈子里的喉结在忽上忽下地滑动。“我的妻子是会抱怨。”他清了清嗓子，接着开始咳嗽起来。

“可你没有让她制止你？”

“没有。有人制止你吗？”

“没有。我是一个人，完全是独自一人。上次来就诊，你留下记录了吗？”

“当然。”

“把记录毁掉，把我来过这儿的事彻底遗忘。”她的目光一刻都没从他的身上移开，“那上面有我的名字吗？”

“没有。”

医生的目光也没有移开。他手中的香烟已快燃到过滤嘴了，他猛吸一口，然后凝视着烟灰缸。候诊室里传来有人挪动椅子的响声，声音清晰可辨。烟蒂没掐灭他便将它扔进了烟灰缸，随即打开一个抽屉，在文件中翻找一阵后，从里面抽出了一张表格。他先将表格折叠两下，然后撕成了碎屑，随即，纸屑便消失在废纸篓里。他拿起一支钢笔，开始写处方。“你知道药店在哪里的。这个给你，但是从此，我希望不要再见到你，永远不要。”

“我要最强效的。”

他头都没抬，就将那张纸揉成一团，重新写好处方，递给了她。“我不认识你。”他说。

候诊室里有一个女人。这女人的头发经过漂染，盘在头顶。荧光灯下，她的头发显得特别稀疏。她在翻阅一本过期杂志。“你好啊，亲爱的。”她说。

是雪莉，她暗自想道。如果非要让我给这个女人起个名字，我也会选择这个名字的。“您好。”

“别搞得这么正儿八经的啊！你的新发型，你觉得怎么样？”

“对不起，您在说什么？”

“你的发型啊？你可喜欢吗？”

“我的发型？它怎么啦？”

“几天之前，我才给你剪的呀。”

“我的发型一直都是这样。”

理发师看着她，目瞪口呆。

“您这是免费咨询吗？”她问。

“什么？”

“对不起，我想我认错人了。”她打开门，一脚跨到门外覆盖着积雪的人行道上。她小心翼翼，慢慢移步朝药店走去。发廊里的灯几乎都没有打开，一共四面镜子，只有其中一面四周的灯是亮着的；发廊的门紧闭着，没有半掩半开。马路对面，香水店的橱窗里摆着一个巨大的招牌，宣布所有商品均半价出售。总有一天，这个镇上不会有别的动物，只剩下獾在四处走动。已经有人开始往别处移居了。她仿佛听到她从此不再认识的那个男人在说话。或者它们干脆也突然之间就死光了，这种可能性当然也是存在的。药店的门开着，柜台前居然还有顾客在排队等候。这儿可没有大减价活动。

给她配药的年轻小伙子长久地、仔细地看着处方单，然后抬起头来，也许是想询问一下为什么处方上没有写病人的姓名。她瞪视着他，那眼神跟她刚才瞪视着理发师的一模一样。年轻人走进了里间。拿到了装着药片的塑料袋，她就走回到马路对面的停车场。她突然意识到，对于男孩布拉德温来说，她的发型自始至终都是这个样子。他并不知道她曾经留过其他的发型，那只显然视她为同类的狗萨姆也不知道。一家户外店，就是她曾经买过地图的那家，它的橱窗里陈列着几个戴着羊绒帽的男人头模，其中一顶帽子上贴着巴塔哥尼亚[1]这个商标名称。帽子是浅蓝色，而帽沿处是各种不同色调的蓝色，从极浅淡的蓝色一直到墨蓝色，就像条形码一样。这让她想起那座山以及昨天上午男孩说出的那番话。她是听到的，她只是没有回应他。她走进店里，买下了那顶帽子，又要求店员按礼品的方式精心包装起来；当他拿着一卷透明胶带笨手笨脚地在那儿摆弄的时候，她就站在一旁看着。她右脚的一块肌肉开始抽动起来，她感觉一阵燥热。那帽子很贵；这无所谓，她心里说，我不必为此担心。她跟店员说了声再见——他略带惊讶地看着她——便离开了。出了店门，她才反应过来刚才是怎么回事：她方才的那声再见肯定用的是“Tot ziens[2]”，是荷兰语，只不过她确信自己说的是英语。城墙的拱门，那口钟显示的时间是：十一点一刻。

43

男孩不在家，她把帽子放到圣诞树的下面。圣诞树放在餐边柜旁边的那个墙角，树上已经挂满了亮闪闪的小饰物，圣诞小彩灯也已点亮。他把圣诞树放在一个镀锌槽里，为了能压得住树的分量，还在容器里装了不少碎砂砾。她缓缓爬上楼梯，推开盥洗间的门，将药放到洗脸盆上方的架子上。她没有看服用说明，而是直接取出一颗吞了下去；医生也没有跟她交代过这药的使用剂量。止咳滴液的滴管也放在架子上，但从没打开过。她在抽水马桶上坐下来，刚

1 巴塔哥尼亚（Patagonia），世界顶级户外品牌之一，在美国有户外界的古驰（Gucci）之称，主要生产户外服装，冲锋衣、抓绒衣尤为出色。始创于 1975 年，总部设在洛杉矶。

2 荷兰语，意为“再见”。

才在车子里曾有过的那种痉挛又回来了；接着，又是一阵。每一次伸手去撕卫生纸，她都不得不将手缩回来。“天哪！”她轻声呻吟着，手肘抵在膝盖上，脑袋几乎垂到了瓷砖地面上。屁股擦干净之后，她在浴缸里放上热水。这一天内，这是第二次了，这次她依然往洗澡水里加入了大量的天然草本浴液。泡泡浴散发出一股强烈的气味，一种真实的气味。她脱下衣服，坐进热水中，她想起布拉德温的那一段独白以及他流利地脱口吐出的那番话，似乎他事先已经打好了腹稿，似乎这背后隐藏着什么计谋。她试图去感受那片药丸在她体内产生的作用，想象着药丸中的有效成分正从起点也就是她的胃部出发，开始了其在她体内的旅程，很快，就有望到达她的大脑。一阵愉悦的困倦开始渗遍她的全身，这时，她意识到新年很快就要来临。

“喂！”多么希望那是布拉德温，可是，这不是他；如果是他，他会将惊叹号变成问号。那是里斯·琼斯。他已经跨进前门，而她却还在浴缸中。前门直通楼梯。一旦进入这栋房子，爬上楼梯是再自然不过的事情。她必须离开浴缸；盥洗间的门没有上锁。水声哗哗。那片药已经开始发挥效力：她的身体出了浴缸，但意识稍微滞后。刚才，她并没有听到汽车的声音。她取下门背后挂钩上的毛巾，用它捂住胸口。他在叩门，且出手相当重。“走开。”她说。随后，一阵静默，她将脑袋抵在木板门上。她感觉自己都能够听到他的呼吸声，与此同时，她又听到面包店老板娘的说话声。*如果她还活着，她是绝对不会让他吃这么多蛋糕的。*但愿她现在正脚蹬旅游鞋，衣着整齐地站在面包店里。浴缸里，水面正在逐渐恢复平静，水清澈透明。

“我在厨房里等你。”

他的嗓音在树林间回响，她感到害怕。她听着他一步步走下楼梯。慢慢地，她擦干了身上的水渍。浴缸里的塞子，她没有拔除；否则，水会发出太大的哗哗声。慢慢地，她穿上了衣服裤子。腹部的痉挛并没有让她感觉疼痛，耳朵的背后也没有发紧的感觉，脑袋里是一种麻木之感。开门之前，她从小窗口往外看去，望一眼积雪覆盖的车道。是什么事情耽搁了布拉德温？那几只鹅聚拢在一起，在鹅棚前面。是在棚子的前面，从来不在里面。愚蠢透顶的呆头鹅。

里斯·琼斯坐在靠圣诞树最近的那张餐椅上，手里拿着那个包装精美的帽子礼盒。他今天显得有点特别，与上回见到时有点不同。

“你在干什么？”她问道。

“我在想，你放在圣诞树下面的礼物不会是给你自己准备的吧？”

“还有呢？”

“我在想，你这是不是给我买的？”

“你说什么？”

“除了我，还会有谁来你这儿拜访吗？”他捏了捏手中的包装盒，“摸着像是袜子。”

“把它放回去。”

“这么说，不是给我的？”

她真想抓起一把刀子，她在想。如果有必要，还可以用上那口沉甸甸的剪锅。“不是。”

“你就一个人住在这儿，不是吗？签订临时租房协议的时候，你对经纪人就是这么说的，不是吗？”说到“临时”两字时，他特意加重了语气。

“琼斯先生。”

“你就叫我里斯好了。”

“琼斯先生，能否请你将包装盒放回原处？”

“好吧，好吧！随你的便，你就这么神气活现吧。”他起身，把帽子放回到圣诞树下。他直起腰，转过身，走进起居室。接着，她听到前门被打开的声音。

她看了看四周。眼下，厨房里是安全的。窗台上有三株开花植物，炉灶上有咖啡壶，屋角里还有圣诞树。她又飞快地扫了一眼放刀叉餐具的抽屉，最大的那一格。前门又关上了。里斯·琼斯端着一个塑料筐走进了厨房。她看着他的脚，在目光下移的那一刻，她发现他跟上一次的不同之处：这回，浓密油腻的头发短得多了，她可以看到他的耳朵，是第一次看到。

“这是羊肉。”说着，他把塑料筐往餐桌上一放。

她朝筐里看了一眼：几大块黑乎乎的羊肉。她赶紧用手捂在喉咙处。“那是整只羊吗？”

“不，是半只。”

“半只？”

“本来，我只想给你四分之一，不过那样的话，实在太少了。我这个人心肠太软。”似乎是为了证明这一点，他一边说着，一边将一只手放到她的臀部。

她没有拿自己的手去拽那只手；这是那只指甲盖破裂了的手。她尽其所能表现得镇定自若，往旁边退了一步，摆脱了那只手，然后，继续移动脚步。最后，她站定在桌子的另一边，面对着他。“请把羊肉拿走。”

“难道这羊肉不够好吗？”

“你需要什么？”

“我给你送来两只羊腿，完全免费。”

“我不要羊肉，我讨厌羊肉。”

“那太糟糕了。反正我把它放这儿了，我已经履行我的义务。”

“既然如此，你可以离开了。”

“你看上去跟上一回大不一样。”他说。

“你可以离开了。”

“你去过发廊了吗？雪莉的那家发廊？”

她双手扶住椅背。雪莉、那个医生、眼前的这个男人、面包店老板及他的妻子，他们全都相互认识。每一个人，只有布拉德温除外，他是唯一格格不入的那一个人。他怎么还不回来？当然，圣诞树已经收拾好装扮好，他完全可以出门逛一会儿。她看了看钟：快到十二点半了。我必须做点什么，她思忖着。管它呢，做什么都行。她穿过厨房，走进起居室，打开火炉门，往炉子里添了两根木柴，又拿起拨火棍将木柴来回拨弄几下。她意识到她正弯腰背对着里斯·琼斯，她感觉自己很强大。

这个牧羊的农民一直紧跟在她的身后。此刻，他坐在沙发上，四肢摊开，一只胳膊搁在沙发靠背上。“难道你就不让我喝杯咖啡吗？”他问，“獾咬女士？”

“你说的什么？”

“我说的是獾咬女士。”

“今天没有咖啡。现在，你可以走了。”她站在原地不动，在火炉的旁边，手中的拨火棍没有放回到木柴筐里。

“我的朋友那位地产代理人打来了电话。”

她看着他的袜子。

“他们已经找到了埃文斯太太的一位侄孙，他住在英格兰。你的租约将无法续签。”

她把拨火棍换到另一只手里。

“由于我的朋友心地善良，他也知道这是临时通知，时间有点局促，所以他准备宽限你几天，你可以住到一月五日再收拾东西走人。不过，元旦那天我们会顺道过来，检查一下房屋的状况。”

“没问题。”

“没问题吗？”

“没问题。这些破烂玩意儿都不是我的，我不需要搬家货车。”她望着窗外。她似乎感应到布拉德温会在那一秒钟翻过花园的围墙，只是这一次，他不是飞身跃过来的，而是爬过来的。萨姆是跳过来的，它掉落在那一堆橡树与赤杨木树枝的旁边。显然，上回他俩掉落在哪个地点，他依然记忆犹新。真奇怪，他怎么会从那个方向过来，她很纳闷。男孩穿过积雪覆盖的草坪，可等他走到已经翻掘过的长方形地块的边上，却停下脚步不走了。她不明白他能否看到她。起居室只有一扇窗户，屋里相当昏暗，可是，那盏落地灯一如既往地亮着。布拉德温给狗发出了一个指令，萨姆返回到主人的身旁，靠着他的腿坐下，一半身子掩藏在蔷薇花丛的后面。他为什么站在那儿？她不明白。从他站着的地方，他能不能看到里斯·琼斯的车子吗？如果看得到，会怎么样呢？

“你有足够的时间吃掉那几只羊腿。”

“我不吃羊肉。”

“那随你的便。埃文斯太太爱吃羊肉，她一直吃到九十三岁。”他抬起头来。“你站在那儿干什么？过来，坐到沙发上来。”

“你该走了，”她说，“你已经履行了你的义务，并且已经传达了你的通知。”

“可是，我还没有告诉你埃文斯太太的生命是怎么结束的呢。”

“对此，我不感兴趣。那个女人，我也不认识。”

“我想你会很感兴趣的。”

她从眼角看到，布拉德温还是站在原来的地方。她摇摇头，她不清楚沙发上的那个男人是否真的会产生如此原始而简单的想法。他是个鳏夫，而她似乎也是名花无主。是什么阻碍了我们？那男孩的一个胳膊动了一下，他是在对她方才的摇头作出回应吗？她举起拨火棍，但不知道自己真正想传递的确切信息是什么。“香烟。”她说。

“你说什么？”

“去厨房，我要抽烟。”她为什么不是一言不发便走去厨房，对此，她心里好生懊恼。这个厨房，这所房屋，在一月五日之前还都是归她所有。她走到窗口，向布拉德温示意她马上出来，然后将拨火棍放在桌上，又点燃一根烟。接着，她径直走向前门，将门打开。萨姆再也按捺不住了，它一下子跳起来，一路吠叫着朝她飞奔而来。男孩就任凭狗儿这么跑开了；他没有再呼唤它回去。

里斯·琼斯以惊人的速度从沙发上站了起来。“是萨姆？”他惊声道。

只见那狗在途中稍稍调整了方向，转而奔向那个牧羊的农民，并一下子投进了他的怀抱。

里斯·琼斯的身子晃了一下。

她看看布拉德温，然后，又回过头来看看这个农民，他的眼睛似乎比平常更加湿润。

萨姆喷着鼻息，又舔又吠。

44

“S’mai[1]，爸爸。”布拉德温说。

里斯·琼斯将狗放回地下，对布拉德温的那声招呼未予理睬。“呆着吧。”他说。他的胶鞋脱在门前的台阶上，鞋头向外；他可以直接将脚套进去。他也确实这么做了，同时，为保持平衡，一只手撑在门的侧柱上。那狗抬起脑袋看着他，喘着粗气，兴奋异常。他甚至于都没朝布拉德温看一眼，便沿着碎石小路走到了自己的车旁，车子就停放在屋子旁，保险杠几乎碰到猪舍的墙壁。他拉开车门。“萨姆。”随着他的这一声喊，那狗儿——刚才还侧歪着脑袋，在不远处紧张地观望——立即箭一般冲出房屋，跳进车里，竟没有片刻的迟疑；显然，这是他以前曾经重复过无数次的动作。

这时，她也来到了屋外，脚上只穿着袜子。现在呈现出来的是一种三角情形：里斯·琼斯站在车旁，布拉德温在未来的蔷薇花圃的旁边，而她就在前门口。她不再感觉到寒冷；最后的几片雪花正从蔷薇的叶瓣上滴落下来。

“这么说，那些袜子是给你准备的啰？”农民问道。其实，他这也不是真的在发问，因为他早已绕到车子的另一边，拉开了驾驶

1 威尔士语，意为“你好”。

座那一边的车门。

“袜子？”男孩问。

她看看男孩，又看看里斯·琼斯，再看看男孩。她在想，如果说布拉德温是个体操运动员，那里斯·琼斯就是柔道运动员，只不过他早在二十年前就放弃了训练，从此便放任自流，变得不修边幅了。她吸了一口烟，重重地吸了一口，然后吐出烟雾，烟雾在潮湿的空气中显得格外浓厚。里斯·琼斯钻进车子，发动了汽车。萨姆坐在他的身边，舌头伸出在嘴巴外，直视前方，显得异常警觉。一只牧羊犬，快乐的牧羊犬；坐在它主人的身边，那才是它心目中的头领。这时，她终于突然明白了，那狗为什么会时常跟她坐在一起，为什么刚到的第一天就那么心甘情愿地离开盥洗间门口的那块领地：她与男孩同属于一个级别。那辆黑车——它的确是一辆皮卡——开始向后倒，不一会儿便消失在她的视野之外，取而代之浮现在她眼前的是盥洗间里镜子下方的那个壁架，那上面的第一盒药片。刚才，从洗澡水里出来时，她感觉自己的身体似乎慢了一小拍，而此刻，外界的一切似乎也都出现了四分之一秒的错时。她现在就想再服一片药，让这种感觉能一直延续下去。

雪莉、那个医生、面包店老板和他的妻子、里斯·琼斯，再加上布拉德温。现在，狗不在了，男孩便无遮无挡地暴露在了人前。他站在细瘦的滴着雪水的蔷薇花丛的后面，小小的背包挎包背后，胸前是交叉的肩带。“过来吧。”她喊道，这时，汽车的声音已经听不到了。假如她不招呼他，他也许会一直就这样呆在那儿。她扔掉烟头，抓住男孩。背包有点碍事；她双手伸到背包下面，一把将他拥到胸前。他身上的气味美妙至极，简直令人难以置信。她任由自己的双手下滑，让他的下半身紧贴在她的身上。

“什么袜子？”他再次问道，她的脖子里有他温热的呼吸，他的双臂轻轻地环抱着她。

“那家伙自己都不知道在胡说些什么。”她回答。她看到倒伏在地的那棵橡树，觉得它就像一盏掉落在地板上的枝形烛台，那上面的枝杆参差不齐。如果任由这棵树就这样抛置在那里，最终必会变成又一座长满青苔的木桥。新鲜面包的香味盖过了男孩身上的味道。

45

她的丈夫挪动了一下左腿。就是那样感觉，以前，他需要动的只是脚，可最近这段时间，绑着的石膏感觉越来越沉，腿也有点笨重。因为不方便开车，他就搭乘4路有轨电车前往德皮杰普。事先，他已经跟警官约好，两人将在梵沃斯特拉特[1]街上的那家酒吧见面。他很庆幸，自己不必独自一人去岳父母家。从酒吧到他岳父母家的那条人行道，上面的积雪还没有清除，马路上也没有看到砂砾；一路上，警官必须尽量保护他的同伴不要再摔个跟头。电视机开着——是远距离滑冰比赛——画面外，评论员的说话声含糊不清。其中有一个滑冰选手，他上回在电车站的海报上见到过，就是那个做面包广告的人。他的岳父在沏茶；相较于咖啡，警官更喜欢喝茶。一棵缀满小饰物和圣诞蜡烛的圣诞树竖立在电视机旁。他的岳父岳母更愿意以传统的方式行事，不到圣诞节当天是不会点亮圣

1 梵沃斯特拉特（Van Woustraat），荷兰首都及最大城市阿姆斯特丹市内一街道名。

诞树上的蜡烛的。窗台上，三角形烛台上的蜡烛已经点亮，烛光给一株白色的葱叶水仙平添了一抹淡淡的橙色。

“他们是怎么弄清楚她在哪儿的？”岳父问。

“不知道。‘此类信息必须保密。’打电话给我的那位女士就是这么说的。”

“是一位女士？”

“没错。”

“威尔士。她怎么会选择去那个地方？威尔士有什么东西？”

“当然，她选择去一个英语国家，也是意料之中的。”

“这事跟你又有什么关系？”

警察朝丈夫瞥了一眼，然后答道：“他不能开车，”他边说边指了指他腿上的石膏。“我刚好积攒了几天的休假，反正年底之前不把假休掉，也就过期作废了。”

“你们什么时候动身？”

“下个星期。”

“在那儿过圣诞节吗？”

“对，反正在哪里都一样过圣诞。”

“你有妻子吗？有孩子吗？他们会怎样想？”

“哦，他们没事的，”警察说，“我经常出差，他们已习以为常。”

“嗯。”岳父说。

“真不可思议。”岳母说。

“什么？”

“那个克拉默真是个怪人，他居然还加速了。”

“我们刚才说的，你一个字都没听到吧？”

“你以为呢？我从来没有真正担心过。”

“不过，我是担心的。”他给每个人都又续上一杯茶水，“睡觉前，我必须服用缬草[1]根，”他对警察说，“否则我几乎没法入睡。”

“那东西是不错，”警察说，“我有时候也会服用。”

“是吗？”

“你最近跟她有过联系吗？”岳父问。

“没有。我也不知道怎么联系，”丈夫回答，“她的手机一直都无法接通。”

“可是，你不是拿到她的住址了吗？”

“是的，算是吧。我拿到的是一栋房子的名字。”

“那你可以给她寄封信去。”

“是可以。”丈夫看了一会儿电视，“他们居然找到了她，真是不可思议。”

“他们就吃这碗饭的。”警察说。

丈夫站起身来。“我去一趟卫生间。”说着，他抓起了一根拐棍，一瘸一拐走出起居室，来到小小的门厅。他走进卫生间，放下坐便器的盖子，有点费劲地坐了下去。卫生间的门一关上，里面便没有了足够的空间舒展腿脚。在起居室，他必须考虑怎么跟岳父母交谈，因而难以安心思考他妻子的事情。是否要告诉他们呢？好怪僻的老两口，完全是无动于衷。他的岳父刚才还跟警察说什么得服用缬草根才能入睡，而他的岳母则忙不迭地将滑冰比赛中每滑一圈所花的时间记录在练习本上，还把那练习本当个宝贝似的。他不记得

1　缬草（valerian），一种多年生耐寒开花植物，原产于亚洲部分地区和欧洲，现已被栽培到北美洲。是一种草药，其根部可作为膳食补充剂使用，经浸软、研磨、脱水后可制成胶囊，具有镇静和抗焦虑等作用。

自己上一回写信是什么时候的事了，如今，谁还会这么老套呢？一支笔、一张纸、信封、邮票、邮箱。为了阻止他摔跤，警察曾三四次出手相助，被他抓过的那一边腋窝现在感觉有点擦痛。他打开水龙头，然后又关上。在这里，他也没法安心思考他妻子的事，他觉得，她呆在乡村农家的情形根本无法想象。

过去的两个月间，发生了太多的变化。一个人独自呆在家里，也不再觉得有什么不习惯。伤脚高高搁在凳子上，一伸手便可以喝到一杯啤酒，这样的日子过了几天之后，他又给诊所打去电话。他们什么都不肯透露，他冲他们破口大骂，于是他们把电话转接到医生那儿。她同样保持缄默，表现得也极度平静。他向她打听生育能力测试的结果，去看脚伤时他根本没想到要了解这一点。那也必须保密。他刚要挂断电话，她却又问他的脚怎么样了。那让他哑然失笑，挂断电话的那一刻他还在哈哈大笑。他什么情况都不知道，他真的没有什么可以向岳父岳母透露的。他坐直了身子。

“你在里面很长时间。”岳母说。

“是啊。”他指了指石膏绷带。

“我们太高兴了。真的，非常欣慰。”岳父说，“总算找到她了。”

“难道不该开一瓶酒什么的庆贺一下吗？”岳母问。滑冰比赛结束了，电视里正在播放广告，音量调到了最低。她的练习本放在窗台上。

“好主意。喝一杯白的吧，”岳父说，“酒瓶在冰箱里，今天得喝掉它。”

“伙计们，来一滴荷兰金酒，怎么样？”

“好极了。”警察说。

伙计们，丈夫想。一滴。“你们都喝，我也来一滴吧。”

“你把风干香肠切成片，好吗？”岳父对着岳母的后背说，“那得花一大笔钱吧？”

“是的，”丈夫回答，“好大一笔。”

岳父看着他。丈夫心里在想，他也许会主动提出来分担一部分调查费，然而，岳父将注意力转移到警察身上去了。“你怎么没把他关进监狱呢？”他问。

“因为他这人相当不错。”

“你给我提供的信息有误啊。”警察说。他俩正步行回梵沃斯特拉特街，一边在谈论这人行道的路面实在太滑。尝试了两次之后，感觉似乎轻松了许多。

“我知道，”丈夫说，“这老两口有点古怪。”

“那种事情有可能产生连锁反应。”

“你这话是什么意思？”

“我完全可以开始对你所说的其他事情的真实性提出质疑。”

“你不是侦探，对吧？”

“不是，我只是一个普通的警官，但我也是人啊。”

丈夫的拐杖从胳肢窝下滑了出去——他不得不将绑了石膏的那条腿平放在地面。他没有摔倒——警察眼疾手快，立刻紧紧抓住了他。

“永远都不可能，”警察说，“你永远摸不透他人的想法或感受。”

“你想吃点东西吗？”丈夫问，“我家里什么吃的都没有。”

“好吧，”警察说，“再往前走几步，就有一家土耳其餐馆。这点路你走过去应该不成问题。”

“你如果就这样离开家，真的没事吗？你妻子会怎么想？孩子不会想你吗？”

警察微微一笑。

我需要一种护肩之类的东西，丈夫在想，但我是要垫在腋下。一种护腋。现在，他已经找到某种不错的规律，有节奏地将拐杖深深插入积雪。我可以寄一张明信片，贴上加急标签。这么做很老套，但他也只能这么做。

46

她将面包撕成小块，扔给那几只鹅。三只鹅都忙着啄食面包，而另外一只却在观察她的一举一动。地面的积雪已经几乎全部融化，地面上雾气蒸腾。鹅棚后面的那片橡树林里，交错的树枝间，天色已渐趋昏暗。有几只绵羊围着干草站成一圈，其他的大多在吃草。“真奇怪，”她说，“一开始，它们一只又一只少得那么快，而现在，这四只已经好一阵子了。”

男孩没有吭声。

“它们没有主人。我要就这么走了，它们可怎么办呢？”

“我还会留在这儿。”

“是啊，”她慢悠悠地说，“你还会留在这儿。”

男孩清了清嗓子。

她往左边望去。橡树林中传来一种声音，那声音似曾相识，但直到那只棕色的大鸟从树枝上腾空而起，她才认出是它。

“一只风筝！”布拉德温说。

“是一只鸟。”她说。

它俯冲之下，贴近地面，随即，又像上回一样，滑翔上升，旋即便飞过屋脊，不见了踪影；屋脊被它当成了一种滑雪跳台。那几只鹅因此而显得焦躁不安。

“这是一只红色的风筝。”

她弄不明白。这个词，男孩已经说过两遍，她虽然知道它指的是另一种东西，可出现在她大脑里的就是一根线牵着一个红色菱形，其后拖着一个由一节节布块连接而成的长长的尾巴。她头脑的某个部位，必须有所动静有所反应；他的英语，必须变成她的英语，只有这样，她才能听懂他的话。“Vlieger[1]。”她说。

“什么？”

“Vlieger。我不明白你在说什么。”

“我也不明白你在说什么。”

她左侧的太阳穴开始突突作痛。她想说出“风筝”一词，她有把握说得出来。她的舌头肯定是向上颚抬起，同时稍微靠向后部，然而，气流却从下唇和上齿之间漏了出来，舌头变得松弛，随后在上颚和牙齿之间停止了移动，这一切并非完全不由自主。布拉德温开始吐出一个个音节，他说的东西她无法理解。她瞪视着他的眼睛，将目光聚焦于斜视的那只眼睛，希望他好歹可以用其他的方式给她解释一下，不要用文字，不要用声音。

“没事，没事。”这个她是能听懂的。他的双臂环抱住她的腹

1 荷兰语，发音类似于英语 flier，意为“飞行物（者）”。

部，似乎他生怕有什么东西会从她的体内掉落出来，这个她也似曾相识。他呼出的热气喷在她的后颈。看那几只鹅的反应，它们好像什么都没有看到。现在，它们又变白了，鹅嘴有点儿棕色，而不再是雪中那种鲜艳的橙色。请进棚去吧，起码一次，她心里说。绵羊们踪影难觅。她的双手趴在旋转小门顶端的木杆上，就好像她在推门，而男孩是要阻止她。如果这一刻有人从路上走过，人家会误以为他在强奸她。人工制作的风筝，英国人是不是就是根据那只大棕鸟给取的名字？她不知道，而此刻，她的头脑中冒出了它的荷兰名字。Wouw[1]，红色或其他颜色的。他没有强奸我，她在心里说，他是在照料我。他是个贴心的孩子，一个健美的体操运动员。而且，他早就该离开了。

“我得吃一粒药片。”她说。

“哪一种药片？”

“今天上午医生给我开的药片。”

“在卡那封镇开的吗？”

她又能站立了，她又能正常地跟他说话了。

男孩用小臂轻轻揉着她的腹部，温热的呼吸依然吹拂她的后颈。此时此刻，他不单是一个平常的男孩，更是一个贴心的儿子。

“有一件事，我想问你。”她说。

“什么事？”

“是今天的下午或者上午，我忘了是什么……”我真的忘掉了，她暗自想。也许现在已经是第二天了？她看着雾气蒸腾的乡村田野。这么快，田里的积雪都去了哪儿？

---

1 荷兰语，意为“风筝”。

“什么事？”

这么看来，现在不是第二天？“你怎么会从小溪和花园墙那边回来的？”

“我是从石阵那儿绕道回来的。”

“为什么要绕道呢？”

“我想去看一看。那时地上有雪，要是它们留下了脚印，就可以看到。”

“结果怎样？”

“什么都没有。”

没有獾。没有狐狸。没有狗。真遗憾，萨姆离开了。假如它没有跳上绵羊牧民的车子，此时的它就应该靠在她的腿边，也许会倚在门边。它会触碰她的双手，舔舐她的双手，那是它心目中头领的双手。

47

明信片的购买、填写和寄送，这事儿还真有点啰嗦。首先，得挑选一张明信片。在本地的那家布鲁纳[1]连锁店里，整整七个旋转货架上都插满了明信片。真没想到，店里人头攒动；他必须展开拐杖——“小心，乔茜，那个人要过去！”——才能伸手够到货架上的明信片。每一样东西都富含寓意，她可有本事在任何一张图片中读出点名堂来。最后，他在一只河马还是一只狗之间犹豫不决，最

1 布鲁纳（Bruna），荷兰大型的图书零售连锁店之一。

终，他还是从货架上抽出了那张小狗明信片，主要是考虑她对宠物从来都不太热衷，而河马会让她产生误解。一张不会引起误解的卡片。他都已着手准备付款了，这时突然想起来还得买邮票和加急标签。

那个学生的事，是她亲口跟他说的，她当时异常冷静。那是某个星期天的傍晚，就在这间起居室里。那时，他才跑完步，刚进家门，正打算去冲个澡。事情早就结束了，她说。她被学校解聘了，就是因为这件事。刚才跑步的时候，他感受到了季节的变换，还期盼着能在细雨蒙蒙中参加比赛。秋季长跑比赛。此刻，他站在起居室里，身上还淌着汗，胸腔起伏。她在坦白，就事论事，不带情绪；他在听着，镇定平静。现在，他才知道，其实，还有一些情况她当时并未向他透露。接下来的一个星期里，两个人尽可能地避开对方，接着，她就消失了。两天以后，他才注意到起居室里出现了一块空白。在屋子里巡查一番之后，又发现家里少了其他的物品，然后，他翻看了她书桌的抽屉，发现了几张内容相同的字条：我们“尊敬”的翻译学讲师到处跟人瞎搞，她与她心爱的艾米莉·狄金森根本不是一路人。她是个不要脸的婊子。他出门去找她。他去了岳父母家，又驱车去了那所大学。在某个角落里，他又发现了同样的一张字条，于是，他便确定办公楼里一定到处张贴着这种东西。他进入她的办公室，里面没人，但也没上锁——没有防备之心，这些知识分子就是这样——这时，他终于开始想象：这个学生，一个他都不知道叫什么名字的男孩，也许就曾经来到这间屋里，也许他的牛仔裤一直褪到了脚踝处。想象中的那一幕让他丧失了自制。他的头脑中没有出现他的妻子，不，只有那个男孩。他几乎不知道自己在干什么，恍惚之间，他撕碎了几本书，又把撕破的书本扔到办公桌的下面。他在一个笔盒里看到一盒火柴，便拿起它开始了焚书行为。火势即将失控之际——他的脸上感觉到火苗散发出的热气——他打开门，大声呼喊：“救火！”他犯迷糊了，这一点毫无疑问，可他不是纵火狂。

他久久地盯着卡片上的那只小狗，可小狗不会告诉他该写点什么。一群姑娘骑着单车，咯咯欢笑着从他的身边经过。她们在马路上排成横排，手里握着手机，身体在车上左摇右摆，招摇而过。家门口的小公园里，环颈长尾小鹦鹉在高声鸣叫。独自一人在家，这样的日子没有什么不爽之处。面前的茶几上，始终有一杯红葡萄酒，他倒觉得比以往更加平静更加自在。刚才，他从布鲁纳书店里出来后，又跛着脚去了趟花卉亭，买来一大束黄色郁金香。不是圣诞季而是春天。春季长跑比赛同样美妙；他现在就得开始关注了。他设想着自己独自出门，独自回家，没人打招呼，没人道再见，也没有长吁短叹。他已经写好了信封，并贴上了两张邮票；在店里，他并没有去想国内与其他的欧洲地区有什么区别。现在，他只需再写几个字就可以了。他希望跟她说点什么？说实话，没什么可说的。“我来了。”他写道，并在下面署上了自己的名字。他飞快地将明信片塞入信封，舔湿封口封妥信封。他将杯中的酒一饮而尽，然后，给警察打去电话。

48

布拉德温又在炉灶和烤箱前忙碌着。这些炊具他用得多么娴熟而轻松，这让她意识到，对于这些用具，他一定早就不陌生了。他把一条羊腿轻轻放进锅里——如他说过的那样，加入大蒜和凤尾鱼——不过，这羊肉他可以自己享用。至于她，只要一想到羊肉，她就会恶心反胃。那罐凤尾鱼，他是从哪里弄来的？难道是他前一阵买来的吗？她点燃一根烟。他一定已经看到了圣诞树下的礼物，也许他内心在期盼着这个礼物，一如儿时的自己。那时的她，总是心痒痒地看着圣尼古拉斯节的礼物，但是每次都必须耐心等待，直到大人告诉她可以动手了才跑去拿到手中，然后打开包装。那时，她总是装出一副无所谓的样子，望着窗外，以此消磨时光。她用手拍了一下自己的嘴唇：这烟的味道怎么有点儿奇怪。只要她默不作声，他就会感觉无所适从。

“明天种蔷薇，好吗？”

“行，好的。”

他在餐桌边坐下，神色有点迷茫。

“或者，或许也可以等一等再说。”她说。

“一定是因为萨姆。”男孩说。他的双手松松地握在一起，两根拇指不停地轮流相互摩挲。

“你说什么？”

“狐狸能嗅到狗的气味。”

她竭力想把思绪拽回来。十只鹅，八只鹅，七只鹅。她感觉看到自己跪在黑夜中，砂砾的碎片嵌压进她的肌肤。后来，剩下四只还是五只鹅，不过，那个时候，男孩和狗还没有到来。或者，已经来了？“你认识那个面包店老板和他的妻子吗？”

“认识。”

“那你为什么没有跟我说？”

“因为你没有问我。”

“难道兰贝里斯没有面包师吗？”

“当然有。以前，我父亲经常说，那人会伴着游客吹奏的管乐起舞，他做的面包卷没人爱吃，尽是花里胡哨、中看不中吃的玩意儿。”

“这么说，你没有妈妈了？”

男孩低垂下脑袋，看着自己的大拇指，他用一个指甲在指关节的皱褶处反复地来回抠动。

我不想了解他的任何事情，她心里说。他本来就应该在这儿的，但是，他还是必须离开这儿。现在，我知道了，他是个儿子，一个没妈的儿子，他离家出走，还带走了他父亲的狗。她感觉疲惫不堪。她不想知道，也不想了解其中的前因后果和来龙去脉。“倒杯酒吧。”她提高了声音说。

男孩拿起酒瓶，倒了满满两杯酒；其实，那酒瓶，她完全可以自己拿起来的。她举起酒杯，男孩也举起酒杯。她看着他，他也看着她。厨房里飘荡着羊肉的味道。她扬起了眉毛。

“为羊肉干杯。”布拉德温说。

“不。”

“为蔷薇干杯？”

“好。”她喝了一口。

羊肉味并不像她原先预料的那么难闻；一杯多葡萄酒已经下肚，这就足以压住她产生的轻微的恶心感。吃饭期间，两人几乎没有说话。男孩吃了许多羊肉。她眼看着他大口大口地将羊肉塞进嘴巴，大脑中出现了一只小羊的形象。羊羔的臀部肌肉发达，浑身洋溢着生机与活力，它正在高低不平的田野里欢蹦乱跳。这下，她明白了，布拉德温为什么长得那么挺拔、那么强壮又那么结实，他跟他吃下的羊羔一样强健有劲，也许，他就是吃着这样的羊肉长大的。她注意到，他时不时地朝圣诞树那边瞥上一眼，他肯定以为那礼物盒里装的是袜子。他不再劝她多吃点儿，而是自己吃，自己喝。有一阵，他忘记了狗已不在跟前，轻轻地吹了声口哨。

她摇摇头，说：“别吹了。”她疲倦极了。“萨姆不在了。”

一吃过饭，布拉德温就起身，开始收拾桌子。

“别管它，”她说，“一会儿我来收拾。你先去圣诞树下看看。”

他没有假装惊讶，而是径直走向圣诞树，拿起礼物盒，然后回到餐桌旁。“是袜子。”他轻声说。那语气听着像是有点不高兴，似乎是他想起了与父亲的那场不期而遇。他将礼物盒放在桌上，撕下透明胶带，又重新将包装纸折叠好。他双手拿着帽子，抬起眼睛——斜视比平常更加明显——然后将帽子扣到头上，盖住了满头黑发。

她喝了一大口葡萄酒。她看着男孩站起身，绕过桌子，他来到她的身边，跪在地上。她立即就明白了他接下来会做什么，跟萨姆一样，他开始舔她那只没端酒杯的手。她凝视着他的脖子和他头上那顶淡蓝色的帽子以及帽子底下露出的鬈发，随后，她将目光移向窗台上的蜡烛，蜡烛已经快燃尽了。砂锅里还有一大块羊肉。她努力地在记忆中搜索她所知道的英语指令。她应该说句什么呢？也许该说声：“坐下！”

49

夜半时分，她醒了。小溪“哗哗”流淌，声音相当清晰；上床睡觉之前，她把窗户往上拉开了一条缝。是水流的声音吵醒了她吗？是不是风向变了？她感觉肚子发胀，好像她晚饭吃下了半锅土豆和一大盘欧洲萝卜。盥洗间里有响声，布拉德温坐在马桶上。她挣扎着翻个身侧躺着，仔细倾听小溪的声音，她想象着：溪水流向大海，日复一日；海水蒸发，淡水升空，盐分析出；乌云飘向地面，雨水滴落山头，泉水汇成溪流。过了一会儿，她意识到男孩不是坐在马桶上，他也许是跪在马桶前。他在干呕。她坐起来，一把将被子掀到一边。卧室里冷冷的。她不只是觉得肚子发胀，她还感觉疲乏，疲乏到几乎无法把自己从床上拖起来站到地上。楼梯平台的灯亮着，盥洗间的门敞开着。她扶着栏杆走向盥洗间。盥洗间的电灯，布拉德温没有打开，他也不是跪着，而是站在那里，他弓着背，两只手紧紧抓住抽水马桶的边缘。他赤裸的后背虽然缩成一团但依然强健有力，虽然成了弯弓却绷得很紧，他像是一头患了病的野兽。一个体操运动员。她从未见过他这个样子。她将右手放到他的肩背部，她没有用力，只是在他的肩胛处来来回回轻轻地抚摸。“没事，没事。”她说。她感觉到手掌下面有一股波涛正在汇聚而成，于是便伸出左手给他揉肚子，好像只有她才清楚他肚子里的什么东西需要清理出去。她的小拇指触摸到他内裤的松紧带，她想象着，因为肌肉紧绷，此时他腹部的颜色比平时略深。他开始呕吐，胃里的东西喷涌而出，她能感觉到他的身体逐渐松弛。她感觉她跟他靠得很近，前所未有的近。与此同时，这样搂着他也有助于她保持直立姿势。

“没想到，你父亲的羊肉竟会让你这么难受。”她说。

他咳嗽起来，接着又是一阵呕吐。“是因为羊肉吗？”他说。

“我一口都没有吃。”

“谁知道是不是因为你的手呢？”

她看着放在他肩头的那只手。不是这只，她想，是另外的那一只，那只捂着他肚子的左手。那是一只受到感染的手？男孩站起身来，擦了擦嘴，同时挣脱了她。他往一边移了一步，打开水龙头，开始刷牙。楼梯平台的灯光不够亮，无法看清镜子中他的脸庞。

“只是开个玩笑。”漱完口，他又说了一句。

“是的，当然。”她说。

他们面对面站着，更确切地说，是并排站着。他抓起她的手，将它放到自己的唇边。“只是开个玩笑，”他又说了一遍，亲了亲她的手，“明天见。”他走出盥洗间，走进书房，随手将门带上。

镜子中自己的脸，她也无法看清。她舔了舔左手的手背：是她的味道。她又服下一粒药。过了一会儿，她回到房间，躺在床上，小溪的声音听上去更加黏稠；她又开始了水循环的漫想，只是这一回，水体变得无比庞大又无比蔚蓝，极端雪白又极端潮湿。她把双手放在自己的腹部，想象男孩与她同在，起码在一定程度上与她同在，她甚至以为她能感觉到他体内的僵硬紧张穿透肌肤进入了她的体内。其实，她只要一只手稍稍下移，另一只手放在他的胸口，就可以毫不费劲地将他拉回到自己的怀里，他的脑袋就将搁在她的肩头，他的喉咙就将了无遮挡，他的体味必定混合着一股强烈的酸臭。她想，在假想的水循环中，是平等置换，其中的一环便是乌云即将将雨水洒向山顶。他在我的身后，我在他的身后。他必须离开，但并不是完全离开。“没事，没事”和“闭嘴”，差不多也就这样了吧。

她漂浮在糖浆般黏稠的溪流水面，渐渐远去，她的思绪也随之飘向四方，她几乎睡着了。迷迷糊糊间，这样的念头转瞬即逝：坠入梦乡，这是多么的舒心。跟世间的万物全都脱了干系。清醒的时候，有那么多忧心烦神的事，那么多担惊受怕的事，那些事堆积起来，犹如一座大山赫然耸立在你的面前，叫你无处逃遁；而一旦沉沉睡去，便不必再受其困扰了。

50

"一定是凤尾鱼的缘故。"布拉德温说。他倚着那把锈迹斑斑的铁耙，铁耙的把手已经破裂，他正用它将已经翻过的泥土耙弄平整。也许是因为头上的那顶帽子，他的脸色跟平时相比略显苍白，原先他自己的那顶旧帽子是深绿色的，可今天早晨喝咖啡的时候，他就戴着新帽子，此后就没有摘下。"那罐凤尾鱼，我是在厨房的碗柜里找到的。谁知道呢，说不准它已经在那里放了三十年。"

她倚靠在旧猪舍的墙壁上。阳光明媚，几乎没有一丝风。已经看不到一丁点儿积雪的痕迹或冬天的迹象。跟以前一样，她感觉到淡色的墙砖正将太阳的温暖注入她的后背；跟从前一样，她手中的香烟冒出的缕缕烟雾笔直地向上升腾。

"也许，早在我出生之前她就买来了。想起来，这真有点怪异。"

她转过头去。花园围墙的外边没有奶牛，那儿冷冷清清。一群黑鸟叽叽喳喳——她根本没去想它们叫什么名字，可能性实在太多了：乌鸦、寒鸦、渡鸦或者白嘴鸦——从一棵树飞到另一棵树。它们似乎只需一分钟便能够作出判断，某一棵特定的树是不适合它们逗留的。

“或者，有没有可能其他的东西变质了呢？譬如说食油？”

他已开始弄第二个长方形地块。泥土呈淡褐色，看上去不怎么肥沃。蔚蓝的天空没有一朵乌云。在她站立的那个位置，是看不到鹅的，但她能听到它们在轻声地嘎嘎叫唤。叫唤声自得其乐，没有惊慌，没有害怕。她的确是在听他说话，但并非他的第一句话都进入了她的耳朵。也许，他现在感觉舒服多了，因此心情愉快；也许，他刚刚就着咖啡吃下了一块饼干，因此颇感欣慰。她不想答话。他在干活，在流汗，感觉到自身的健康与活力；她在抽烟，香烟夹在左手的两根手指之间。他曾经——在风尾鱼理论提出之前——将自己的呕吐归罪于这只手，他这么说是开玩笑，或许并不是开玩笑。老太太的气味又开始在她的身边缭绕，挥之不去，或许，更确切地说，即便是在室外的新鲜空气中，而且还有香烟的烟雾，它照样阴魂不散。她扔掉烟蒂，拉开猪舍门。木柴已所剩无几；柴堆不知不觉间越变越小了。已经好几天了，火炉和壁炉都是男孩在照看，去乐购采购生活用品、上文沃尔村买面包等也都是他的事。她只是去了一趟医生的诊所，其余的时间，她一直宅在屋里。她来到这儿，让自己活在一个小小的世界中，而后出门——在乐购超市的冷藏货架区思乡怀旧、一路步行去面包房、请理发师将头发剪短、涉水步入水塘的中央——而现在，她的世界确实变得更小了。思乡之情已经平息，几乎难以察觉。花园、鹅场、房屋、她的床铺、盥洗间镜子下面的架子、一盒盒的药。几个月的时间，一辈子的生活。一直到新年来临。因为，这所房子、这个花园并不属于她，镜子下方的架子也不属于她。她是个游客，一个过客。一个外国人，在大多数当地人的眼中，她是个德国人。

“我马上开始种蔷薇啦。”布拉德温大声道。

她凝视着地下室地面淡绿色的地砖。有那么一会儿，她恍惚觉得，坐在那辆黑色大皮卡中、跟随那个白痴牧羊人离开的不是萨姆，而是布拉德温，此刻，萨姆正围在她的身边四处嗅闻呢。

“我还要一个拱门。”她说。蔷薇花丛现在全部移栽到了地里，一点儿都不起眼；长在花盆里的时候，它们看上去可比这会儿高大多了。“就在这儿，就靠着路边，进入这条叉路的通道口。这样的话，你还得去买两株特殊的蔷薇，会攀援而上的那个品种。”

“是攀援蔷薇。”男孩说。

“它们是叫这个名字吗？现在就开车去买，去迪克森花卉中心。”

“就现在吗？”

“为什么不？我会给你钱。”

“好吧。”

她从钱包里抽出一张一百英镑的纸币，递给了他。

他一走，她就揭下垃圾桶的盖子，在桶里一番摸索，找出了那个油腻腻的凤尾鱼空罐。她走到洗碗池上方的那扇窗户边，没怎么费劲，便看清了罐底的字：最佳食用期：1984 年 6 月之前。男孩所说果真没错。

她抬起头来。那是六月间一个无精打采的日子，一个隐蔽在橡树林中的烟囱，正冒出袅袅炊烟，是炊烟，不是取暖的烟——蜜蜂从厨房的窗前旋转着飞舞而过，蝴蝶轻盈地从一朵红蔷薇飞往一朵黄蔷薇；花园的围墙加高了一些；溪边的赤杨木丰硕而圆满，一位农民坐在一辆暗红色的拖拉机上，他在翻晒草料。她的头发高高盘在头顶，腰间扎着围裙。也许，她早就寡居了，也许，暗红色拖拉机上的那个男人就是埃文斯先生，而她正准备给他送去一点吃喝的东西。放在篮子里。她的身子紧贴水槽，她在考虑可以再往篮子里放入几瓶冰啤，两瓶吧，两瓶啤酒足以让埃文斯喝下后昏昏欲睡。他会暂时停下手中的活儿，不去翻晒草料，而是在橡树下面躺下。跟她一起，四仰八叉地躺在树荫底下。不穿衣服，温暖惬意。

她将空罐头扔回垃圾桶，用冰凉的水清洗双手。她套上靴子，但未系靴带。然后，她爬上楼去。

51

狄金森的那幅肖像又是面壁而置。她叹了口气，再次将它翻转过来。几个星期以来，男孩占用的一直是整栋屋子中最漂亮的房间，只有这间房的两边墙壁都有窗户。“两面采光。”那档“逃往乡村”节目中意欲购房的人会心驰神往地赞叹。“这房间多敞亮多舒适，通风多好啊！”几个星期以来，《艾米莉·狄金森诗选》一直摊开在橡木书桌上，书旁放着一叠空白纸张，还有迄今没人动过的钢笔和铅笔。哈贝格那部实在太厚的传记中居然没有提及这一页上的这首短诗，当然更不会对它进行探讨。陡然间，她生出了一股激愤，这激愤不单是指向传记的作者——那个饶舌的讨厌鬼——同样也针对狄金森。这个满腹哀怨的女人，让自己隐居在家中和家中的花园，凭借着她所做过或没做过的一切，自始至终、时时刻刻、默默无言地提醒着身边的亲人和朋友，他们尽可以对她置之不理，但同时却又如一个日夜啼哭的孩童，时时乞求着获得他人的关注；一旦向别人表达的情感（其中绝大多数是采用书信形式表达的）没有得到及时的回应，便会表现出极度的担心害怕甚至活不下去。一副小鸟依人的模样，尽显其极其柔弱的小女人之态，总是担惊受怕，每封信的落款均为："您的小女子"。父亲过世后，门口的大厅里正在举行追思会，身为女儿的她却含羞带悲，独自躲进自己的房间不肯出来，不过她的房门却始终半开半掩，叫来人不仅不得忽略了她的存在，还必须将更多的关注倾注到她的身上。"曾经接触过的任何人，都从来不会使得我的精神如此消耗殆尽。甚至无需触碰到她，她便会吸走我的全部精力。真庆幸，我没有住在她的附近。"一位与她有过通信交流的男人如是说。一个总是喜欢穿着白色纯洁少女装的女人。此时此刻，她才终于意识到，正是这种愤慨促使她下定决心要撰写一篇论文，她要对那许多在她眼里被吹得天花乱坠的短诗，作出客观的评论和批判性的研究。那几乎就是最后审判的日子。"不太妙，"她喃喃自语，"一点儿都不妙。"

她拿起那部传记和那本《艾米莉·狄金森诗选》，拖着靴子，脚步笨拙地走下楼梯。出去之前，她将传记扔进了垃圾桶，下面就是那个空了的凤尾鱼罐头。更糟糕的是，即便如此，她依然时不时地感到心意难平。她将《艾米莉·狄金森诗选》放到餐桌上，在椅子上坐下，系紧了靴带。

她跨过小溪，尽管不去考虑她必须走多少路程。她一步一步，走在路上。刚才，她在那堆树枝中抽出了一根赤杨木枝，当作手杖使用。这根树枝的高度刚好够到她的腰际，现在，树枝就在她的手中，反复地前摆、落地、再前摆。来到栅栏处，她比以往任何时候都更需借助双手：等到翻过栅栏、在地面站稳之后，她这才松开了抓住竖杆或顶板的手。橡树林中鸦雀无声，一层薄薄的淡雾从布满斑斑青苔的树干和树枝间缓缓升起。周围没有动物的踪迹。没有奶牛、没有绵羊，连灰松鼠都难觅踪影。她能够想象松鼠正处于冬眠之中；也能够想象一切毛发蓬乱的野生动物都处在冬眠之中。她突然感到一阵燥热，一股熟悉的气味从厚外套的衣领处升腾而起。这是埃文斯老太太的气味。

到了石阵，她很想坐下来小憩片刻，但还是决定继续往前走。石头上很干燥；苔藓的颜色呈浅灰和棕黄。金雀花丛的旁边，飘荡着一股淡淡的椰香。她行走在那道天然形成的路堤上，路堤的两旁是一簇簇僵硬直立的枯草。看不到黑牛的踪迹，听不见鸟儿的鸣唱；她完全是独自一人，好似她也已不复存在了。她从田里穿行过去，来到水池边；她从石柱旁走过，甩起树枝在上面重重一击。今天的水面不再像是刚刚擦过的锃亮的银盘；一丝几乎难以察觉的微风将水面吹起微澜。远处，池水从那座小砖楼下流淌而过。想到自己在不久之前还曾站立在水池中央，看到因光的折射而扭曲的身体，看到体毛上的气泡和脚趾边的小鱼，她不禁一阵颤栗。她走向上一次曾搁放衣服的那块大石头，在上面坐下来，点燃一支烟。有一辆车子从附近的路上开过，但不知路在何方。她拿起树枝，搅动池水，激起的微波在水面荡漾开去，穿过被微风吹起的涟漪。她的目光一直追随着其中的一波，直到它在抵达对岸的瞬间消失。她想吸一口烟，却发现自己的嘴巴这时竟无法闭合。她惊恐不已，用手将下颌骨往上推，可还是无法吮吸；这感觉就像是那一回，口腔科的医生拔去了她上颌的一颗智齿，在那儿留下一个连接鼻腔的空洞，由此打破了吸烟所需的真空状态。她将烟扔进水池，用鼻子深深地呼吸了几下，这是她抬起舌头并将舌头抵住上颚后唯一能够做到的。她的舌头还可以动弹。过了一会儿，她终于合上了嘴。她站起身，感觉到膝盖在微微颤抖，于是，她费力地拄着树枝，向石柱走去。她在石柱旁歇息片刻，一只手放在石柱冰冷的顶端，放眼望向连绵起伏的田野以及田边的树木。

开始爬坡之前，她想起了坐在暗红色拖拉机上、满脸精明微笑的农民埃文斯。链条、留在草地上的深深的印痕。也许，是埃文斯太太——那时尚未寡居——帮着他将石头竖立起来，装着面包卷、两只甜梨、一瓶柠檬汁的食物篮就放在水池边。也许，他们曾在这儿的草丛里欢笑、奔跑、打滚。

她什么都不想知道；她抵住了诱惑，拒绝上网查询；她离开了，如同一只不愿被人打搅了清静的老猫。这么说，倒不是因为她自己曾经有过养猫的经历；住在德皮杰普狭小的房子里，他们还从未养过猫。她叔叔倒是养过猫的。“哪天它们要是不见了，那就是死了。”他说这话时，她的婶婶点点头。她再一次回过头去望着池水，想起了叔叔。为什么谁都没有说“继续走，往前走”？为什么饭店里的每一个工作人员都竭尽全力要让他从水池里出来，让他换上干净的衣裤，还把他的鞋子放到炉子上烘干？就为了让他有机会一试自己的木工技能吗？“一套组合柜。”她说，然后迈开脚步，继续行走。

她第二次来到石阵旁，这时，光线已经有了变化。金雀花丛呈现更暗的黄色，僵硬的枯草则是另一番绿意。她在那块大石头上坐下，鼓起勇气往嘴里塞了一根烟。她的手不住地颤抖，烟点着之后，打火机跌落在地。四周依然是一片寂静。獾咬女士，可现在没有獾，她心想。她感觉自己的双腿灌了铅一般的沉重，后背僵硬，手臂笨重。它不会来了，也许，它正在冬眠。獾是不是熊类中的一种，只不过体型较小？慢慢地，她终于走过最后一段路程，回到了住处附近。她久久地站立在横跨小溪的木头上，望着溪水从山上流淌而下。溪水翻着气泡，激起泡沫。清冽、冰凉的溪水。

52

布拉德温已经搭起了拱门。她站在花园围墙的背后，在那里停顿了几秒钟；几周之前，布拉德温正是从这个位置跳过来的。围墙的高度刚好与她的胸口平齐，他那一跳给人留下非常深刻的印象。他轻轻吹响的欢快口哨是什么曲调？萨姆的那一跳更加叫人难以忘却。她顺着小路，走近离猪舍不远的那扇旋转小门。从石阵走到房屋，这段路走下来并没有完全消除她后背及两腿的沉重与僵硬。两株攀援蔷薇靠侧墙放着；其中的一株上开出了一朵花。

布拉德温转过身来。“你看。”他说。

“很可爱，好极了。我一会儿就过来。”她将手中的赤杨木树枝靠在前门旁边的墙上放好，随即就进了屋。她来到盥洗间，将剩下的几板药全部从药盒里倒了出来，喝下几大口水，吞下一粒药，然后回到楼下。她走进起居室，拉开火炉门，将空药盒扔进炉火，又眼看着它们燃起火苗然后化为灰烬，这才走到屋外。她想起了那张处方，眼前出现药店的柜台，处方纸正从柜台上滑过。总会在某个地方，留下记录，存入档案，但那又怎么样呢？那上面只留有医生的名字和地址，但没有她的名字，而且绝对没有她的住址。太阳已经消失不见了；只剩一抹红色的晚霞挂在鹅场上方的天空。再过半个小时，天就完全黑透了。也许，跟昨天相比，今天会晚几分钟天黑，这一变化几乎是难以察觉的。圣诞节快到了。

“花由你来种，你愿意吗？”男孩问。

“好吧。”

他走向棚屋，拿起花盆，拎着花茎将蔷薇花丛从盆里拽了出来。刚才，他已经挖好两个坑，并在坑里填入了肥料。肥料包扔在拱门下面的沙砾小道上。“小心，不要被刺到。”

她将第一株攀援蔷薇放进坑里，正准备跪到地面上去。

“这个，让我来吧。”说着，他早已蹲下身去，用肥料把花坑填满，然后站起身，拿脚将泥土踩实。

“你不单单是个体操运动员，”她说，“你还是个花匠呢。”

“胡说，花匠可根本就称不上，这活儿哪个不会。你刚才出去散步了吗？”

“是的。”

“这个给你。”他递给她几段绿色的细绳，“你去系绳子，另一株蔷薇我来种吧。”

她接过绳子，将两根树枝系在拱门的一侧，另一边也同样系上了两根树枝，这个时候，另一株蔷薇布拉德温也已收拾妥当了。那孤零零的唯一的一朵蔷薇花——乳白色的，与其说它是花朵倒不如称其为花苞——摇曳在一根虽说极细弱但并未折断的枝头。男孩走进屋子，出来时手里多了一只大煮锅。只见他握着这锅，靠近一株蔷薇，锅与蔷薇之间呈某一角度，水从锅里泼洒出来，浇在蔷薇树上，直到这一刻，她才明白过来他在干什么。他随手将锅抛到草地上，双手撑在臀部，心满意足地舒了一口气。“现在，你最喜爱的电视节目就要开始了。”他说。

“所有的箱子都要作好标记！”一个不省事的臭女人大声嚷嚷着。虽说她和她那个同样不省事的丈夫作了一个八十万英镑的购房预算，但是，他们对自己所要购置的房屋并没有明朗的设想。他心仪的是“现代时尚”，而她却热衷于“独特个性”。看在上帝的份上，拜托你们，自己先厘清了再来好吧，她在心里嘀咕道，别这么折腾我们。“这个，我可不喜欢，”那丈夫说，“根本不行。”她嘟哝道。布拉德温没再吭声，默默端给她一杯白葡萄酒。直到他走到她的身旁，她才注意到了他。他穿着带字母 L 和 R 的袜子，是悄无声息地走近她的。鱼肉，她想。他把我照顾得很好。男孩又悄没声息地退出了起居室。那顶新帽子，他一直戴在头上，她的右半边脸被炉火映得红扑扑的。

她将身子更深地埋进沙发，脑袋倚靠在沙发背上。电视上的人们正在谈论典型的维多利亚时代门厅的建筑风格，可是，她眼前出现的分明是雪莉的那家发廊：里斯·琼斯正挥舞着他巨大的手掌，试图驱散面前的烟雾；裹在钴蓝色披肩里的医生因抽烟过度而双目充血，嘴角处挂着一丝怪异的色迷迷的歪笑；理发师的嘴里不时爆发出惊天动地的尖利笑声，胸前的双乳也随之轻微震颤，脖子里的青筋令人生厌地鼓突起来；家饰与园艺杂志上满眼是绿色的西葫芦；发廊的门开了，进来的是属于大家的面包大师，他的头发早就该好好修理一下了，他是被他的妻子阿文推进发廊的——阿文自己头上的烫发松松地下垂着，显得有点无精打采。再过几天，圣诞节就要到了，发廊里突然变得热闹非凡。一只边境牧羊犬[1]躺在放杂志的茶几下面；它在一条茶几腿上舔舐着，也许，就在不久前，躺在那儿的是另一条狗。电话铃响起来，雪莉拿起听筒，露出十分惊讶的样子，她对着话筒说："对呀，他在这儿。你一定有特异功能吧。"里斯·琼斯拿起手机，与他的房地产经纪人朋友简短地聊了几句，他微笑着，叫他尽管放心，说那个女人会离开这栋房子；他还告诉对方，他摸了她，她的"屁股可真迷人"；还说，对于他的勾引挑逗，她可是迫不及待就作出了回应；可惜的是，她真的就要离开这里，谁也不知道她会去哪里。奇怪的是，剪发、洗发和吹发的画面始终没有出现。"獾"这个字不断地在他们的谈话中出现，而每每提到它，他们大家都会大笑一阵，只有面包店老板娘和那只狗除外，而狗本来就不会笑。看那样子，这只狗像是希望悄悄地远离这帮人，离得越远越好。门边放着几个塑料筐，筐里装着几大块羊肉，血水从筐底不断渗出，在瓷砖地面上涓涓流淌。雪莉问那位养羊的牧民，问起他的儿子怎么样了，这些天他都在忙些什么，牧民的脸色顿时变成苍白，他吹了声口哨，将狗从茶几下唤出。此时，发廊的门口已积起一摊血水，他走到门口，差点滑了一跤。他的狗开始舔瓷砖。"享用你的美味羊肉吧。"说着，里斯·琼斯一脚跨出发廊，随手将门"呯"地一声关上了。现在，她又听到发廊里有人提到"艾米莉"的名字 。"艾米莉。"但听不清是谁说的。医生的脸上似有愧色，还问了一句他们在谈论的是谁；他的表现活像一个蹩脚的演员。

1　边境牧羊犬（Border Collie），又名：柯利牧羊犬，原产于英国英格兰与苏格兰的边境的一种良种牧羊犬。特点：体型中等，匀称健壮，行动迅速，嗅觉灵敏，天性聪颖，智商在犬类中排名第一。

布拉德温站在沙发旁边。“茶泡好了。”他说，也许这是他第二次重复这句话。

电视上，一群貌似聪明的人正在参加一种智力竞赛。在这边，人们称这一类人为书呆子，跟荷兰人口中的“bollebozen[1]”相比，这称呼嘲讽意味更加浓厚，其含义就是那种居然会就艾米莉·狄金森这样的人专门撰写博士论文的家伙。

53

窗台的烛台上，男孩已经插上了新的蜡烛，餐桌上也点起了一支蜡烛。《艾米莉·狄金森诗选》就摆放在她的餐盘旁，书本是合上的。餐盘上又是黑线鳕鱼，还有土豆泥和茴香。色泽黯淡的食物。

她在餐桌旁坐下，她看着他，想起一个半小时之前，他在帮她干活时表现出来的那种近乎俯首帖耳的态度。将泥土踩压坚实，给蔷薇浇水。“你为什么还不离开这儿？”她问他。

“那谁来做饭呢？”

“我也会做饭的。”

“谁来种蔷薇？谁去买东西？谁能让炉火不至熄灭？”

“为什么？”

男孩看着她。这顶帽子戴在他的脑袋上，看着真是不错，哪怕是在餐桌旁。

1 荷兰语，意为“学者”、“书痴”。

“浇水的锅，你拿进来没有？”

“没有。”他回答。

“为什么？”她又问。

“我有没有问你问题？”他说，“别问了，还是去看看圣诞树下有什么东西吧。”

她朝圣诞树的方向看去，那里有一个礼物。她先喝下一大口葡萄酒，然后起身去取礼物。她把布拉德温送的礼物拿在手里，在圣诞树旁停留片刻。

“是袜子。”她轻轻地说。

男孩窃笑。“那女人根本不知道自己说的是什么。”

她撕掉包装纸。其实，他给她买了一顶绒线帽。这帽子太丑了，丑到叫人不敢相信，紫色的帽子，上面缀满各种颜色的花朵，而且，几乎所有的花色都与绒帽本身的颜色不搭调。一顶嬉皮士戴的帽子，帽沿处居然还垂下来两串流苏。她吞咽了一下，庆幸自己不是与他面对面。她又吞咽了一下，然后将绒帽往头上一扣。大小刚好合适。“这正是我需要的。”她一面说着，转过身，回到餐桌旁。

布拉德温看上去开心极了，他开始吃饭。

她开始喝酒，夹了一块鱼肉。

“这个狄金森，你觉得怎么样？”他问道，一边用舀满了土豆泥的公用调羹指了指那本《艾米莉·狄金森诗选》。

“没错，这也正是我想问你的问题。”

“这是什么意思？”

“你为什么老是把她的肖像翻过去？”

“因为那两只亮晶晶的小眼睛。”

“那只是照片。”

“照片又怎样？她让我浑身起鸡皮疙瘩。你觉得呢？”

“我在研究她，纯粹是因为工作。”

男孩嚼着食物。“嗯哼。”

“她也有一条狗。”

“是吗？”

“是的，那狗名叫卡拉（Carla）。”她用拇指和食指将自己的嘴唇挤压成圆形。那狗叫卡洛（Carl*o*），这名字就在她的大脑里，这是哈贝格的传记中又一个让她感到愤怒的细节，因为作者仅有四次提到了这只狗。那是一只纽芬兰犬[1]，一种体型巨大的毛茸茸的动物——她曾经查看过这种狗的图片——它的名字叫卡洛（Carl*o*）。一个胆小羞怯的小女人，她唯一的朋友就是一只身躯壮大的狗，可是这一点，哈贝格居然没有加以关注。既然她的嘴唇已经挤成了圆形，她索性再作了一次尝试：“卡拉（Carla）。”

“一只小宠物狗。”

“不对，是一只很大的狗。”她用手背摸摸发烫的前额，一口喝干了杯中酒。“再倒一点。”

布拉德温顺从地拿起酒瓶。“很大的狗居然叫这么个名字，真是搞笑。”

“没错。”大型犬只取这么个名字的确搞笑。她知道那名字是有寓意的，但是要想将这寓意译出来 她却总感觉力不从心。她想上楼，想去盥洗间镜子下的架子那里。不是一片药，而是两片。她站

1 纽芬兰犬（Newfoundland），原产于加拿大东北部的纽芬兰地区，后被英国人带至英国，现在绝大多数纯种纽芬兰犬（包括纽芬兰岛上的），都是英国纽芬兰犬的后代。体型巨大，肌肉发达，骨骼沉重，温顺忠诚，灵敏又善于游泳，是人类的好帮手，一种非常优秀的工作犬和水上救援犬。

起身，走向起居室，又爬上楼梯。男孩并未在后面叫她。盥洗间的灯，她没有打开，而是径直过去，把那几板药片抓在手中，然后，她鼓足勇气看着镜中自己背光的身影。幸好这时的她头戴一顶奇丑无比的帽子，这是一件适于化装舞会穿戴的物品，没有任何人会拿它当回事的。“卡洛（Carlo），”她说了一声，“哦……呵。”她看着镜中的那嘴巴张开又闭合：模模糊糊、毫无血色。当然，盥洗间里飘荡着埃文斯太太的气味，似乎她十分钟之前刚从浴缸里出来，擦干身子，此时正不时用一只手撑着洗脸盆。她只喝了一大口水，就吞下了两片药。她重新挺直身子，绒帽上的两串流苏欢快地摇摆起来。

“你现在不抽烟了。”男孩说。桌子已经收拾干净，餐盘上她吃剩的食物也已倒入了垃圾箱。现在，他正在洗涤碗盘。

“你说什么？”

“今天上午，我用耙子扒垄，从那时直到现在，我还没见你抽过烟呢。”

她看了看四周：那盒烟不在餐桌上。她慢慢起身，先靠在椅背上稍事歇息，然后开始移动脚步。

“你不一定非要抽烟。”他说，但并没有转身。

她的外套搭在靠近餐边柜的那张椅子上，她拎起外套，在一只衣袋中摸到了香烟，她在另一只口袋中没有找到打火机。既然就站在餐边柜的旁边，她顺手拧开了收音机。音乐。她想要做点什么，她必须做点什么。她思考着。听声音可以判断，布拉德温正在洗刀叉餐盘，起居室里，传来火炉中木柴燃烧发出的噼里啪啦的爆裂声。收音机的音量已经调低。做点什么。空了的药盒已经被她处理掉了。她拼命地想，仿佛看到打火机从手中滑落，又仿佛听到它落在石头上反弹起来，发出沉闷的咔哒声，随即又掉进了草丛。“把火柴扔给我。”她说。

男孩从窗台上拿起那盒火柴，扔了过来。她伸手去接，可是，由于她的动作太过迟缓，或许是因为火柴盒飞得太快，它落到餐边柜上弹起来，又掉到圣诞树旁边的地面上。她弯腰去拣，跌倒在地。眨眼的功夫，他已来到她的身边。

“别担心，”她说，“我没事。”

他抓住她的手，将她拉了起来。

她在餐桌旁坐下，终于，点燃了一根烟。这味道太可怕了，几乎令人作呕。恍惚间，她又回到了十四岁，这是她生平抽的第一颗烟，是她的叔叔递给她的，是不带过滤嘴的一根骆驼牌[1]香烟。那一定是父母亲允许她在叔叔家留宿的最后几次中的某一次。她开始咳嗽，尝试着又吸了一口。多年来，这东西一直感觉十分舒爽，它是不可能倏忽之间便变得如此恶心的，是不是？布拉德温依然站立在她的身旁，就在她的身边。只要一想到有一团烟雾正通过她的嘴巴进入气管再进入肺部，她就极度排斥，甚至无法吸气。她赶紧将烟掐灭了。

男孩咳嗽起来，问道：“要不要喝点咖啡？”

“不要。”她一口喝光了杯中的酒，然后起身，走进起居室。她打开电视，在沙发上坐下。她听到他关掉了收音机，又回去继续清洗餐具。她的面前，有动静有声响，但所有的动静所有的声音均伴

1 骆驼牌（Camel），驰名世界的香烟品牌。1913 年，由美国雷诺兹烟草公司的创始人 R.J. 雷诺兹推出，问世至今已有百年历史，堪称世界名牌香烟的常青树。

随着一分钟的滞后。一条宽阔的沟渠，更确切地说，应该是一条运河，它的水面上有一艘小船，船上坐着两个男人。他们从水里拖上来几只鱼篓，其中的一只鱼篓里有一条鳗鱼，他们将鳗鱼倒了出来。渔民解释说，自从船闸的木头闸门被换掉之后，捕鱼量下降了百分九十五。运河边的那块田里，一只绵羊孤零零地站在那里。她立即站起身，回到了厨房。

“还是来点咖啡吧？”男孩问道。

“不要。”她走向冰柜，拉开冰柜门，从里面拿出一块块的羊肉。那只塑料筐仍然搁在冰柜旁边的地上，她将羊肉扔进筐里。

“你这是干什么？”

对他的问题，她未予理睬，而是端起塑料筐，拿着它走进起居室。男孩注视着她的一举一动，像狗一样，耳朵竖起，眼睛警觉，等待接受指令。为了打开前门，她不得不先将筐放到地下。屋外并不觉冷，抬头亦不见乌云，巨大的天幕挂在房屋和花园的上空。她踏上台阶，前几个台阶是有亮光的，是从厨房的窗口射出来的灯光。走过这几步有灯光的路，她稍稍停了停脚步，让眼睛适应前方的夜色。溪水淙淙流淌，细碎的砂砾在她赤裸的脚下吱嘎作响。她将冻成冰坨的羊肉一块接一块从塑料筐里取出，又使出浑身的力气将它们一块接一块扔进水中。每一块羊肉都如石块一般沉重；像石块一样，它们也将静静地沉入小溪的水下。她一手松松地抓着空了的塑料筐，凝望着幽暗的溪水，巨大的天穹在水中渐渐显现。戒烟，她暗自思忖着，只有身心健康的人才会戒烟。走回前门的路上，她发现，此刻，那朵白色蔷薇花蕾的颜色显得愈发浅淡。她的头上感到非常暖和，也许那是一顶真正的羊毛帽。是绵羊的毛。

前门一关上，她便听到布拉德温在楼上搬动家什。“你在上面干什么？”她喊道，一边将粘在脚底的砂砾擦掉。

布拉德温从书房里探出头来。“我在调整卧室。”

她刚才一直低着头，这会儿想要抬起头来，感觉有点困难。

“我已经把你的床搬到壁炉跟前了，马上就生火。”

“那你睡哪儿呢？”

“跟平常一样，睡沙发。”

“活见鬼，”她低声咒骂道。她在这屋子里已经居住了好几个星期，可直到这一刻，她才意识到，起居室的火炉和楼上的壁炉共用同一根暖气管。“过完圣诞节，你就离开吧。”她说。

“我想我是不会离开的。”他边说边走下楼梯。

54

她醒了，因为男孩在尚存一息余火的壁炉里添加了两块木柴，需要对着壁炉吹气才能让炉火再次烧起来。在他蹑手蹑脚地回到沙发上躺下之前，没忘记将两扇窗户都往上拉开了一条缝，否则的话，书房里会变得闷热难耐。

“萨姆在这儿的时候，感觉大不一样。”他说。

她盯着天花板，没有作声。

“像萨姆这样的狗，它们不可能整宿睡觉，它们会四处走动。萨姆会轻声呜咽，会来到我的身边，还会嗅我。”

“它还下过楼呢。”

“不会，它不会那样。它会一直待在这儿。”

她叹了口气，扭过头来看他。布拉德温双手枕在脑后，一半身子在羽绒被子里面。“现在几点钟了？”

“不知道，三点左右吧？”

她的整个身体似乎都塞满了重物：铅、水泥、橡木横梁。她甚至都不愿意翻动一下侧身而睡。她想起了那个夜晚，布拉德温呕吐不止，当时她曾有过一闪念：他腹腔内的一部分僵硬和紧张，透过她的双手进入了她的体内。“你也起来四处走动了。”她说。

“就刚才，壁炉的火差点熄了。”

不对，是她自己的身体，它本身就是那些重物：双腿就是橡木横梁、腹部就是混凝土、血管里流淌的就是液态铅。

“你真实的名字是什么？”男孩问。

她略作思索。“艾米莉。”

布拉德温非常轻松就翻身侧卧，右手顺势垫在脸颊下面，左手在胸口抓挠了几下。在壁炉的火光中，他的眼睛亮闪闪的。

“埃文斯太太叫什么名字？”

“不知道。对我来说，她就叫埃文斯太太。”

“你以前经常来这儿吗？”

“经常来。那是从前的日子了。”

“那你也认识埃文斯先生吗？”

“不认识。我两三岁的时候，他就去世了。”

“你还会闻到她吗？”

“你说什么？”

“你还会闻到埃文斯太太的气味吗？就在这儿，这栋房子里？”

他的脑袋从手上抬起来。“没有。”

“我闻到的。”在这间书房里，小溪淙淙的流淌声同样清晰可闻，甚至更加清晰，那是因为，这个房间靠车道的一侧有一扇窗，跟她卧室里的窗户相比，它更加靠近小溪。两个房间里听到的溪流声是不同的，似乎来自不同的小溪，或者不是在同一栋房屋里。

“多长时间？”一阵漫长的停顿后，她问道，“你觉得狗的气味会在鹅场停留多长时间？”

“我估计，相当长吧。”

“嗯哼。”壁炉里的木柴发出噼啪的爆裂声，她的头顶感到热烘烘的。从前的日子，她心想。这种话，从一个二十来岁的人嘴里说出来，是什么意思？忽然，她的头脑中冒出了一个想法。“你怎么可能不知道那个石阵？”

“我是知道的。”

“你说过你不知道。”

“根本就没说过。我说的是，我‘没有注意到它’。那天雾很浓。”

“你还问我，去那座山该怎么走。”

“不是怎么走。我问的是，你是否有好的建议，去那里哪一条线路最美。”

“你是在说谎还是怎么的？”

“不是，我没有说谎。你有没有说谎？”

“说的，经常说谎。”

男孩偷偷笑起来，胸口微微颤动。

“你父亲想要告诉我，她最后是怎么走的。”

“是吗？”

“可是，我不愿意听。”

“你不愿意听？”

“我只希望能够尽快摆脱他。”

再一次，他偷偷笑了。

“我愿意听你说。”她说，但她突然觉得几乎难以将眼睛睁开。

男孩手里抓着羽绒被，离开了沙发。“往那边挪一点。”

她照着他说的做了，两个手臂搁在被子的上面，放在身体的两侧。他在她身边躺下来，一半身体盖着自己的被子，他的脑袋正好与她的乳房处于同一高度。这个姿势似乎透出一种温顺与服从，她不觉想起了萨姆，那个夜晚，它来到楼下，将脑袋搁在她的膝头。

“是我发现了她。”他说。

“怎么是你？”

“我父亲说的不是这样吗？”

她思考了一会儿。“他那样子好像他是什么都知道的。”她搜肠刮肚，拼命搜索着合适的英语表达，这样的翻译可真费劲。

“那倒也确实如此。我就是那么安排的，好让他在我之后发现她。那是我欠他的。”

男孩絮絮地讲述着。她必须竭尽全力才跟得上他的叙述，她尽量不漏掉其中的任何细节，不让自己的大脑走神，因为一不留神就会把他的话听成没有意义的声音。那件事情是夏天发生的——是去年夏天，她这么推断——他想再去看看埃文斯太太，说不准这将是最后一次，毕竟她已经年过九旬了。他是骑自行车从班戈过来的，一路上，除了他，没有第二个骑车人。当地人不怎么骑自行车，虽说火车站附近就设有一个自行车出租点——主要是为游客准备的，不过，游客们也不租用。沿着车道一路骑来：田里的杂草蹿得很高，很显然，他的父亲没有尽到自己应尽的职责：及时割草。

他就是这样。萨姆没有跟他一起出来，他把萨姆留在了家里。她问了一句，他说的家里指的哪里，他回答："利物浦[1]。"那是他上学的地方吗？"是的，在希望大学[2]。可别告诉我父亲。"从班戈到这儿大约有十五英里，这么远的路，他不知道萨姆能不能一直跟着自行车跑完。更何况，当然啦，任何一天，他的父亲随时都有可能在这儿出现，毕竟那狗是他从父亲那儿偷走的。说到这一点，她本想打断他的话，可是壁炉的火苗以及他谈及的夏天，让她感到燥热难受，因此她提不起精神张嘴说话。他看到那些鹅聚在一块，全都挤在小木棚的附近。屋子里没有人，小溪边的赤杨树下也没有人：天热的时候，她总喜欢坐在树荫下休息。他将自行车停靠在猪舍的墙边。鹅的叫声透出异常的兴奋，他朝它们走去。它们的急迫与兴奋溢于言表，那样子就像是一群人正在围观一位遭遇了车祸的人。他翻过栅栏，鹅群四散开去，他看到她躺在那儿，就在鹅群刚才聚集的地方。一定是有什么东西袭击了她，但他不知道这会不会是那些鹅干的，可又觉得可能性更大的应该是狐狸或者某种猛禽。一只风筝，她暗自思忖，不是一个 vlieger，而是一只 wouw。她睁开眼睛，这样，她就可以看到书房的天花板，脑子里就不会出现夏天的鹅场和躺在地上已经死去的老太太。他只是飞快地朝埃文斯太太瞥了一眼，她的裙子被掀了起来，他觉得这一点最叫人难以承受。他赶紧跑出了鹅场。来这里的路上，他还感觉到肚子饿，骑在自行车上，他还期盼着能吃到几块自制的大蛋糕；埃文斯太太的蛋糕手艺无人

1　利物浦（Liverpool），英格兰西北部的一著名港口城市，英国第五大城市，默西塞德郡（Merseyside）的首府，英国著名商业中心，又有"欧洲文化之都"的美称，是闻名世界的披头士乐队（即"甲壳虫"）的故乡。有三所大学：利物浦大学，利物浦约翰穆尔斯大学和利物浦希望大学。

2　利物浦希望大学（Hope University），又译为：利物浦霍普大学、利物浦赫普大学。英国英格兰西北部默西塞德郡（Merseyside）利物浦市的一所综合类大学，成立于 1844 年，属于英国国教和天主教会，是利物浦大学的授权学院，在威尔士北部的普拉斯凯尔顿另有一寄宿式学习中心。

能及。他意识到他必须给人打个电话。刚才，他只顾着拽过自行车，就迫不及待骑上了车。现在，到了那扇永远不会关闭的旋转小门旁，他给父亲拨了个电话。他知道，白天的这个时候，父亲肯定不会在家。他用简短的语句、低沉的嗓音在答录机上留下了一则口信，并尽量让嗓音听起来不像是他的。随后，他骑车返回班戈，还掉了自行车，然后登上火车。在切斯特转车，终点站：利物浦莱姆街[1]。学生公寓楼里住在他隔壁房间的女孩告诉他，那只狗狂吠了一整天，还说，下一回如果他打算独自出门，可以把狗交给她照看。

一个女孩，她心想。“在这儿，我们还会再见到你的父亲吗？”她问。

“我想不会了。他的狗回去了，而且你对他也不感兴趣。”

几乎在不知不觉间，男孩已经钻进了她的被窝。有一阵，她的左胳膊一定是失去了知觉。她没有抱怨，反正这具塞满了重物的身躯并不是那么的娇贵。他的身体散发出某种物质，那是一种电流：他的胸口在微微发光，他的双手在默默燃烧；他的气息温热发烫，犹如一只欢快的小狗在兴奋地呼吸。假如她的身上此刻没有睡衣，会是什么感觉？她真想把睡衣脱掉，但是，壁炉的火烤得她懒洋洋的，何况又是半夜时分；她累了，感觉精疲力竭。“你能不能……”她问，脑袋从枕头上微微抬起。

他明白了。很快，他俩就像一对青春少年一般，穿着内裤小心翼翼地躺在一起。她平躺着，他侧睡着，依旧在比她略低一点的位

---

1 利物浦莱姆街站（Liverpool Lime Street Station），英国一铁路车站，位于利物浦市中心的莱姆街，是利物浦规模最大且历史最久的车站。

置，他的鼻子碰到她的上臂，他的胳膊靠着她的臀部。那胳膊活力四溢，她能够感觉到它散发出的力量。小溪潺潺流淌。溪流的声音即将被睡梦淹没，这时，他说了一句："咱们去爬山，后天，圣诞节。乘火车。"

好吧，她想。去爬山，我应该能够爬上山去。"明天，你去面包店可以吗？买一些圣诞布丁？代我向他俩问好。最美好的祝福，来自荷兰女人。"

男孩的喉咙深处发出了一点声音，随即便坠入了梦乡。他是不是觉得她又老又丑？他会不会闻到什么气味？她叹了口气，闭上眼睛。别想这个了。现在不想。

55

男孩去面包店了，是步行去的。他回来之前，她都是一个人在家。这之后，他还得去一趟乐购超市，去买一些圣诞节吃的食物。收音机开着。她坐在餐桌旁，头上戴着那顶羊绒帽。摊放在她的面前的，是那本《艾米莉·狄金森诗选》，书翻开在216页与217页之间，上面是"乡村葬礼"。短诗的第一行，她写下了两种译文，不过随即又都划掉了：~~*Spreid ruim dit bed*~~ 和 ~~*Spreid dit bed breeduit*~~。第一种译法缺少了一个音节，第二种又在原诗不押韵的地方押了头韵。最终，她对诗句的意思作出了轻微的调整，写下了 *Spreid dit bed met zorg*（"以谨慎之心建这一墓床"）。第二行：~~*Spreid het met ontzag.*~~ 也划掉，改成了 *Spreid het ademloos*（"屏息静气建这墓床"）。第三和第四行诗句，她写在另一张纸上，那张纸上原本写满了单个的单词："审判"和"优雅"不同的表达方式，还有"公正"的几个不同的含义。她琢磨着，这个地方，最为重要的还是韵律。她又将这四行诗句全部写在第三张纸上，然后注视着窗外。开花植物就是不断地开花。迪克森花卉中心确保质量。收音机里一首接一首播放着圣诞颂歌，每三首歌播完后，一个平缓的嗓音就会出来报一次歌名。她继续翻译第二阕的四行诗句，前两行便卡住了。那种奇特的祈使语气让她感到困惑，她完全摸不着头脑。"让床垫平直 / 让枕头圆软"。

埃文斯老太太的气味太浓烈了，她不得不走到室外。她没有穿外套。不穿外套不出门，她想，那只是针对那些生怕感冒受凉的健康人士的。她走到蔷薇拱门的下方，停下了脚步，她凝望着这条新铺成的砂砾小道，它在草坪处到达尽头，不再向前延伸。这样没有道理，到了尽头总得有个东西。这条路总得通往某个地方，也许通向一根柱子，柱子的顶端放一口大锅。小溪潺潺流淌，倒伏的橡树静静地横跨在小溪之上。她无法想象，来年，赤杨木还会再度发芽；那些树桩看上去似乎了无生机。她绕到屋子的侧面，那几只鹅正在用力撕啃着地上的草，依然是四只。她不知道狐狸是否也会冬眠，是否正挺着吃得圆鼓鼓的大肚子，躲在洞穴中安睡，是否用爪子抱住脑袋，不时发出心满意足的叹息。她用手掌按住太阳穴，因为她发现自己正用富有节奏的音节调整思维，把脑子里最后冒出的那个"心满意足"换成了"满意"。没有风，一丝风都没有。那四只鹅看到了她，开始轻轻地嘎嘎叫唤。她倚在厚厚的墙壁上。那男孩曾经说过，在萨姆的眼里，我就是一只狗，那在它们的眼里，我会不会也是一只鹅？不，我的模样更像一只火鸡，她一边想，一边拽了拽紫色帽子上垂下的流苏。

几分钟后，她又回到餐桌旁。她没有继续刚才的活儿，而是随意浏览了一下标题为“自然”的那部分内容。不一会儿——这部分马上就浏览完毕了——书页上的字母开始聚成一团，阅读变得越来越困难。哪里都没有找到“鹅”或“鹅群”的字眼；这跟她预想的一模一样。到处都是“蜜蜂”和“蝴蝶”还有“知更鸟”。她吸了吸鼻子，“啪”的一下合上了书本，把它往旁边一推。她拖着沉重的双腿上了楼，从药板里挤出一粒药片，然后回到楼下，给自己倒了一杯白葡萄酒，用酒将药片送服下去。她听到踩着砂砾的脚步声，这时，一切又重新变得愉悦而模糊了。

他会买回面包，接着，他们也许会讨论一下购物清单，然后他会再次离开。她会命令他离开，就好像他是一只狗。他会去买一些花里胡哨、华而不实的东西。也许，她会再服用一片药，然后，她会作好准备。她会把面包和葡萄酒拿到猪舍，还有靠垫和小地毯；会用锋利的小刀把蜡烛头削细，这样就可以将蜡烛插到空酒瓶的瓶颈里，酒瓶旁边还要放一盒火柴。今晚，他可以躺在她的身边，脑袋比她的低一点，他可以用他宽阔的拇指摁住她的乳房。起码，只要他有这个胆量。

布拉德温进来了。他将背包放在桌上，脱下帽子。“他们回问你好，”他说，“面包店的老板娘还问起，你什么时候还会亲自去买面包。”

她摇了摇头。

“你喝酒了？”

“喝了一杯。”

“她参加了一个读书俱乐部。她说你要是也加入就好了。”

“读书俱乐部？”

“是啊。她还跟我提到她现在阅读的那本书的书名。”

她看着他。他的头发粘在额头上，跟往常一样，他没有用手指梳理头发。那双灰色的眼睛，因为斜视，旁人难以从那里捕捉他的所思所感。没有狗在身边，他跟从前不一样，真的很不一样。要怪就怪他自己吧，她心想。我可是好几次都打发他离开。她突然想到了水，必须有水，只有葡萄酒是不够的。她趴在餐桌上，在购物单上添上水，同时，她在努力想象里斯·琼斯和他的地产经纪人朋友会是怎样的神情。既不是前者大约七天之前那副冷酷无情的模样，也不是后者几个月前那种笑脸可掬的表情，而是一周之后两者惊诧不已的样子。这想象只成功了一半，因为她根本想不起地产经纪人长的什么模样。她从烟盒中抽出一支烟，拿火柴将其点燃。她不假思索，重重地吸了一口，可不知怎么回事：太恶心了，她都来不及动用手指，而是直接将烟一口吐了出来。香烟落到了她刚才写过字的一张纸上。男孩发现她无意将烟拣起，便帮她拣了起来，又伸出一根拇指压住冒烟的纸张。接着，他走到洗碗池边，先把香烟放到水龙头下面，然后将它扔进了垃圾筒。

“埃文斯太太抽烟吗？”她问。她刚刚喝下一大口葡萄酒，必须再次用力吞咽才能压住不断翻腾的恶心。

“不抽。”男孩还是站在洗碗池旁边。

“你必须出门去买点东西。”

“你也去吗？”

“不去。我有事要忙。”

他指了指餐桌。“你刚才是在工作吗？”

“你最好还是离开，再也不要回来。”她说。

“你这是什么意思？”

“我就是这个意思。”

“你不会放弃，对吧？”

她很想直视他的双眼，但是无法做到，因为他背对着窗户，光线从他的背后照射进来。“不要说我没有提醒过你。”她说。

他站在那儿，屁股靠在洗碗池边上。过了一会儿，他开始从背包里拿出面包。“我想念萨姆，”他说，“仅此而已。”

她吸了吸鼻子。外面虽然没有风，但她刚才出门走了一下，老太太的气味还是被暂时驱除了。可是现在，那种气味又开始从她的衣服、从她的肩膀处飘散出来。“你快走吧。”她说。

他拿起购物清单。“为什么要买这么多水啊？”他问。

“我不想喝自来水了，喝腻了。”她说。

“能不能给我一点钱？”他问。

56

那班轮渡延误了，没有准点出发。有一个螺旋桨出了问题。他们通过扩音喇叭告知乘客，已经派潜水员下去维修，但是没有具体说明到底出了什么问题。她丈夫和警察又喝了一杯威士忌。船上热闹非凡，到处都是假圣诞树、各色小彩灯、闹哄哄的英国佬和安安静静的荷兰人。小舞台上，有一个人正在表演节目。他俩坐在一张圆桌的一边，圆桌是用螺栓固定在甲板上的，身旁就是一扇窗户，雨水在窗户玻璃的外面斜向飞溅而过。透过窗户，他们可以看到一大片灯火通明的石化工业区。在渡船的下层，在远离他们的某个区域，警察的轿车与其他的几百辆车停放在一起。圣诞夜。西北风，风力五到六级。

“这样的话，我们上午九点赶不到了。”丈夫说。

“没关系，”警察说，“我们不着急，对吧？”

“不着急。”他抿了一口威士忌：警察已经去酒吧转过两回了，黄铜装饰的酒吧显得金碧辉煌。“来一杯高品质的英格兰威士忌，”他说，“要单一纯麦的。”这酒喝在嘴里有股烟熏味，有点儿呛。警察明白他说的什么意思；他的同伴几乎从来不喝烈酒。此刻，坐在这儿，他不由得想起了多少年前跟一位高中朋友曾有过的一次渡海经历。因为他们的目的地是英格兰，所以他们选择喝金汤力[1]。那位高中朋友在走廊的公用卫生间呕吐了整整一夜；他自己则好几个小时一动不动地平躺在狭窄的铺位上，不停地轻揉自己的胸骨，才算是没有吐出来。他们的客舱没有窗户，隔壁的铺位上躺着两个素不相识的人。那个时候，他还没有认识他的妻子。现在，他认识了她；现在，他喝起了威士忌，这是成年男人喝的酒，他心想。不过跟金汤力相比，威士忌同样或者说可以更好地为他到达英格兰作好心理准备。他的旅行袋放在渡船的下层，在他下方几十米远的地方，袋里装有一块由他岳母亲手制作的云石蛋糕。那是她家的传统：每次他们出门去度假，岳母都会做一个蛋糕，这蛋糕是抵达目的地之后才可以吃的，不管要去的是露营地还是宾馆房间。似乎这次也是某个平常的假日，似乎她不曾意识到，这回跟她的女婿一同出行的是一位警官而不是她的女儿。他望着坐在身旁椅子上的这个

1 金汤力（gin and tonics），又译作：琴汤尼、金汤利。一种经典的鸡尾酒，在以金酒为基础的各种调酒中知名度最高。常作为开胃酒，带有淡淡的辛辣味。通常的调制方法：在辛辣金酒中加入冰块，再注入汤力水，最后用一片柠檬加以装饰。

男人。他刚刚抿了一口威士忌，这会儿正目不转睛地观看表演。刚才，台上的艺人将一位红发人拉上了舞台，并在他头上扣了一顶帽子。他先让威士忌在嘴里转上一圈，然后才将酒吞咽下去。即使不穿制服，他看着也像个警察，也许，这是因为自己知道他穿着制服时的模样。

“这个，并不是我期待的。”他说。

“风并不是特别大。”警察说。

“不是这个，我说的不是渡海。”

“哦，是那事。”

“嗯，是那事。真希望这只是一次平常的旅行。”

“那你就把它想象成一次平常的旅行。”警察喝着威士忌，看起来舒适放松。

丈夫看着舞台，现在上面出现了一个小丑。宽敞的酒吧里飘荡着薯条和油炸小吃的香味。“我走了，去躺一会。”他说。

“好吧。”警察说。

在他的记忆中，二十多年前，自己住的是轮机舱隔壁的那个狭促的小间，跟这次住的客舱根本没法比。这间客舱里摆了两张床，床的上方各贴着一幅画，两床之间有一扇大窗户。房间里有一个带衣柜的小过道，还有一个带洗脸池的卫生间。丈夫坐在其中的一张床上，将一根毛衣针戳到石膏下面挠痒痒。警察脱下外衣，将衣服叠得整整齐齐后，放在一只小凳上，然后进了卫生间。在客舱里，你能感觉到渡船持续的震动和嗡嗡的噪声，就好像渡船想要动身出发但又被拖住了。幽暗而寒冷的海洋。用毛衣针抓挠并没能让他感觉舒服一点。他听到警察清了清嗓子，吐出一口痰，接着，打开了水龙头。又过了一会儿，传来他冲马桶的声音。安东，那是他的名字。

几个小时之后，丈夫从睡梦中醒来。船在行驶，颠簸起伏。海底深处的某个地方，汽车报警器在一直响个不停。渡船每颠簸一次——上下或者左右——他都会绷紧肌肉，人尽量往后缩，似乎这样做便可以阻止船只倾覆。是那位高中的朋友告诉他，只要揉摸胸骨就可以抑制恶心吗？舱顶灯依然在微微发光：一旦关掉，这灯就会自动切换到一种应急照明状态。警察正在酣睡之中，他呼吸均匀，一只手搁在裸露的胸口。他给人一种完美之感，所有的一切都恰到好处。他做事的方式、他看人看物的神情，还有他剪短的黑发。丈夫恨不得可以立马下船，他真希望现在已快到早晨，希望很快他们的船便可以停靠在赫尔港。不过，他心里明白，也许他们才刚刚从鹿特丹启航。他的手机放在床边的架子上，当作闹钟使用，但他没有去看手机。他揉着胸骨，做着深呼吸，吸进，呼出。真是不可思议，他躺在客舱里，竟会感觉如此孤寂，舱内的灯光虽然微弱然而无以逃避。他身旁的人正在睡梦中，衣钩上的衣服有节奏地从墙边晃开又荡回。他可以起床，酒吧也许还开着；也许，那小丑还在台上。他开始想象他寄出的那张明信片一路的历程，也许走的是航邮。“我来了。”可是这之后呢？他思索着。天开始渐渐放亮，透过窗户，他能看到的只是灰浊的海水，其他的什么都没有。

渡船到达赫尔港时，晚点了四个小时。那天上午的情形有点异常，乘客们原本没有预料到会在船上呆这么久。船上的工作人员少之又少，没有人表演，赌博区也空无一人。这班渡轮是不提供饭菜的：晚上 9：00 开船，第二天上午 9：00 靠岸。丈夫和警察没有找到任何充饥的东西。到处都是人，有的守着行李默然静坐，有的背着背包四处转悠；没办法，他们只好耐心等待。

车子非常顺利地从渡轮上开下来后，警察几乎未加思索就转换到靠左侧行驶，同时导航系统也开始用荷兰语给他发出指令，里面的语音名叫布拉姆。警察开的这种车，若是在阿姆斯特丹的街头看到，丈夫会有点嫌恶：黑色的车身，庞大的块头。他环顾四周。天空灰蒙蒙的，赫尔丑陋不堪：左边是一大片水域，看不到一个小山丘。他累极了，加上绑着石膏的腿又奇痒难忍，令他心绪烦乱。他没想到要把毛衣针从包里拿出来；说不准他将针丢在了渡船上。“谢谢你，布拉姆，我们知道了。”警察说。随着刚才的那个声音发出一个接一个的指令，他们穿过了一个又一个的环形路口。

“咱们找个地方喝杯咖啡，怎么样？”丈夫问。

“好啊，我太想喝一杯了，”警察说，“还要弄点吃的。”

没过多久，他们看到了一家“小厨师餐厅”的招牌。警察将车停下，协助丈夫下了车，又递给他拐杖。丈夫跟在警察的身后进了餐厅，在自助柜员机、自助服务柜台和结账处，他都站在警察的身后，支付两个人的餐费，然后和警察一起坐到一张靠窗的桌子边。他看着警察吃下一个鸡肉卷，他自己点了一个培根鸡蛋卷和一大杯咖啡。他俩默默地吃着喝着，吃完之后，一个戴着红色圣诞帽的女人收走了他们面前的空杯盘。

“二位，吃得可满意？”她问道。警察告诉她，东西非常可口，丈夫则点点头，把最后一口食物咽了下去。“祝圣诞快乐！”说完，她又去另一张桌子收拾餐具，也问客人同样的问题，同样祝他们圣诞快乐。

“我得去一趟洗手间。”丈夫说。

“我也要去。”警察说。

他俩并排站在小便池前。洗手间里没有其他的人，隐蔽的扬声器中播放着圣诞颂歌。

“希望你可以直呼我的名字安东，好吗？”警察问。

“当然，”丈夫回答。拐杖斜靠在小便池旁边的瓷砖墙面上，其中的一根滑向一边。他赶紧伸手去抓，可捏住阴茎的手也一下松开了，尿流戛然而止。

警察已抢先一步，将拐杖抓在左手中，同时，他一直非常镇静地撒着尿。“安东，”他说，“那是我的名字。”他将拐杖放回墙边，将阴茎上残留的尿液抖干，把它塞回裤内，又拉上拉链。

洗手的时候，丈夫从镜子里看到，自己裤子的前裆尿湿了一块。

上车之前，他俩一边一个站在车的左右两侧，警察看着手表。“快三点了，”他说，“我们——不对，是快两点钟。但不管怎样，等我们赶到那里，天早就黑了。”车顶的高度刚好够到他的咽喉。

“嗯哼？”丈夫说。他希望赶紧上车，把绑了石膏的腿伸直，如果把座椅调到最靠后的位置，那是可以做到的。他希望能闭上眼睛，然后听布拉姆指路的声音。布拉姆会毫不含糊地指点他们穿过下一个环形路口，再到第二个出口。他自己车上安装的是露西的声音，她的声音带佛拉芒语[1]口音，她经常提醒他需要掉头来一个U

1 佛拉芒语（Flemish），又译作：佛兰芒语，荷兰南部的一种方言，其语法、词语跟标准荷兰语没有多大差异，大致又可分为东弗拉芒语及西弗拉芒语两种。

形拐弯，这个当然得取决于他的驾车风格。听起来，布拉姆显得更加自信。

“咱们该找家宾馆住一晚吧？”

“是的。”丈夫说。

“晚到一天应该不会有什么影响的，是吧？”

“不会。”丈夫说。

“你没事吧？”警察问。

“到了那儿后，我不知道该怎么办。”

“现在没必要知道吧？到时候再看情况吧。”

“是的。”丈夫说。

“我们只要一直往北走就可以了，”警察说，“英格兰很近。”

“是的。”

“如果你希望，我们也可以再推迟一点。”

“不用。”

“那咱们就走吧。什么时候想停，就可以停下来。”

丈夫的一只手放在车顶上。“如果有孩子，我们也许就不会这样。”

“不见得。孩子让人头疼。”

“这可是你说的。”

“没错，是我说的。任何事情都各有利弊。”警察拉开车门，钻进了驾驶室。

现在，丈夫可以清楚地看到红色背景下戴着厨师帽的那个白色小人。这个徽标的背后是一色纯灰的天空。路边餐馆的顶上，一面旗子软软地耷拉在旗杆上。警察已启动了发动机，他拉开车门，坐下来，先给绑了石膏的腿找到个舒适的位置，另一条腿就放在它的边上。他的目光越过警察的肩膀，停留在他的手上。警察的双手转动一下方向盘，又放开一会儿，然后再抓住方向盘。布拉姆告诉他们向左转，回到 A63 高速公路[1]。指示牌上出现了古尔[2]，又出现了卡斯尔福德[3]和利兹[4]。

几个小时之后，车子经过曼彻斯特，高速公路的旁边出现了一块巨幅指示牌：朗科恩假日酒店[5]。天黑下来了，路上的车很多。"今天跑得差不多了，"警察说，"该填一填肚子了。"

丈夫看着方向盘上的那双手，右手拇指上戴着一枚银戒指。车头灯照亮了停车场旁边那一排低矮的针叶树。

"掉个头，来一个 U 形拐弯。"布拉姆说。

警察哈哈大笑起来。

57

一大早，她就打开了电视，屏幕上出现一幅英国地图，是各地详尽的天气预报。除了北威尔士，别的地区几乎都是多云天气。风吹云动，云层要等到夜间才会从西部推移到这儿。就一年中的这个

---

1 A63 高速公路（A63），英国英格兰东北部一高速公路，可直通赫尔市（Hull）中心。

2 古尔（Goole），又译：古耳。英国约克郡东区一港市。

3 卡斯尔福德（Castleford），英国英格兰西约克郡一小城镇，位于约克郡最大的城市利兹市附近，曾以矿产著称。

4 利兹（Leeds），英国英格兰西约克郡城市，西约克郡最大工业城市，除伦敦外英国最大商业金融中心，国际化大都市。位于奔宁山脉东麓，艾尔河畔。原为艾尔河北岸的盎格鲁 - 撒克逊人城镇，后发展成为地方集市贸易中心。

5 朗科恩假日酒店（Holiday Inn Runcorn），英国朗科恩市（Runcorn）的一家三星级酒店，靠近哈尔顿城堡和诺顿修道院博物馆，座落于英国英格兰西北部柴郡，利物浦市东南二十多公里处。

季节而言，气候应该算是相当温和，气象员最后祝愿她享有一个“绿意盎然的快乐圣诞”。她关掉电视，走进厨房，准备做几个三明治。她在自己的背包里放入四只香蕉，又往男孩的背包里塞进了几个三明治和两瓶水，水瓶是塑料的。桌子中央有一包烟，她看着它，犹豫片刻后，也将它放到自己的包里。她穿上靴子，从前门探出脑袋，看一眼那根赤杨木树枝是否还在墙边，这个她可千万不能忘掉。天空的星星还可以看到，但已暗淡无光。她戴上那顶紫色帽子。“走吧！”她在楼梯下往楼上喊了一声。

男孩鼓起勇气抚摸她的乳房，当然事先需要得到她的鼓励。她平躺在床上，微微颤抖。他灼热的呼吸喷在她的脖子上，壁炉的热气烤热的是她的侧面而不是头顶。他将床垫调转了九十度；这肯定是他白天的某个时候干的。他将狄金森的肖像面朝下倒扣在桌面上。这一整天，他俩几乎都没怎么照面：他一出门，她就来回穿梭往返于屋子与猪舍之间；他一回来，她就安安静静地坐到电视机前；他呆在厨房里为填饱自己瘦长结实的身体而忙碌着准备饭菜，这时，她就将身子浸泡在倒入了天然草木沐浴露的带爪式底脚的浴缸里，希望藉此祛除老太太的气味。“是你移动了埃文斯太太的尸体，还把她的身子翻转过来的。”她说着，翻过身侧躺着。“是的，”他回答，他的嘴唇离她的嘴唇很近，他小心翼翼地将呼吸吹进她的口中，“幽灵般可怕的女人。”他能够把那幽灵从我的体内吸出去，她这么想，也许他能把它赶走。“我们要不要……？”他说着，结实柔韧的身体趴到了她的身上，两手握拳支撑在她上臂的两侧，横贯前胸的一根筋脉在颤抖。她没有回答他的问题，只是轻抚着他的臂部，目光从他的胸口往下，移向他已经饥渴难忍的阴茎，她十分缓慢地将他拉向自己。防护措施，她心想，只有健康的人才需要防护。他无比热忱，这多么难以置信。热忱、年轻、生机勃勃。跟平常一样，她无法选择——想要同时直视他的双眼根本不可能——但她一直看着他，希望他可以缓慢地进行，希望他不劳她开口说任何话，希望他结实柔韧的身躯可以触及她的身体并与之融为一体。她正目不转睛地看着他，突然，那只斜视的眼睛稍稍向一边移动一下，就在这一瞬间，她终于能够同时直视他的两只眼睛。当然，他在那几秒钟内也许什么都没有看到。她深深地叹了口气；他一声不吭，几乎马上就想从她的身上下来。“不。”她说着，紧紧地搂着他，将他汗湿的胸口紧贴住她的胸口。她终于张开左手的手指，为他梳理了一下他额前的头发。男孩亲吻她的脖子，他没有感到恶心。后来，他回到沙发上，但在这之前，他把最后的几块木柴添进了壁炉。他做这事的时候没有发出一点声响，他结实的身体里没有一个关节发出吱嘎的响声。她侧身躺着，看着炉火。她能闻到她自己的味道，她能闻到男孩的味道：就是一开始的那种味，香甜的袜子与苦涩的树叶混合在一起的气味。他发出轻轻的鼾声，其实，那更像是轻轻的口哨声。她很希望自己能在那一刻沉入梦乡，最好是与他同时，起码可以一起同时做一件事。可是这时，老太太的气味又回来了，不知是从床上还是地板上或者是她自己的体内升腾而起。她开始轻声哭泣，她在心里说，她应该放弃抵抗了。终于，伴着小溪昼夜不息的淙淙流淌声，她的脑海中出现了这栋房子、那群鹅和绵羊、赤杨木树和金雀花丛、水池、石阵和蔷薇花园，还有她自己小小的世界。终于，她睡着了。

男孩并没有吸走她体内的任何东西，他并没有驱除它。她能够感受到自己的身体，那里面的活力已所剩无几。火车缓缓地向前开去，浓厚的蒸汽和烟雾——白色的与黑色的——在车窗前飘过。有一位乘务员走过来检票，一台老式检票机挂在他凸起的大肚子上；另外，居然还有一位老人在过道里推着小货车出售点心。志愿者。男孩要了一杯咖啡和一块水果蛋糕，她看他并没有伸手去掏钱夹，就付了钱。看不出他跟平常的任何一天有什么区别，至多是略显兴奋，那是因为马上就要爬山的缘故。他们坐在带扶手的软座上，而不是她原先预料的木头板凳。这是一节普尔曼软座车厢[1]，是一等座，车厢内壁漆成了红棕色。买车票是她付的钱，去卡那封镇的路上是男孩开的车。他们现在面对面坐着；在这样的车厢中，想并排而坐是不可能的。她面朝着火车行驶的方向，而布拉德温则是逆向而坐。她的脑袋旁边，米黄色的窗帘不停地来回晃荡；车窗外，是绿色和棕色的田野、随处可见的石墙、光秃秃的树枝以及灰色的树干；他们的左边，是连绵不断的山脉。

“雪快要化光了，”男孩说，他的脸蛋贴在车窗上，嘴里塞满了水果蛋糕，“山顶上可能还有。我们马上就下车了。”

她一句话都没有说。今天，她一整天都不会说什么话。她已经起了疑心。

赖泽杜[2]车站只有一个站台、一个木结构的候车室和两个矩形的坛子，坛子里摆了石雕，种了植物。远处，有几处房屋。她一下

1 普尔曼车厢（Pullman carriage），由美国人实业家乔治 · 普尔曼（George M · Pullman，1831 ~ 1897）于 1864 年研制而成的豪华型列车车厢，次年，专门生产豪华火车车厢的普尔曼公司宣告成立。普尔曼的客车车厢为铁路工业的机械制造带来一场革命，从此，豪华舒适的车厢改变了人们的出行方式。

2 赖泽杜（Rhyd Ddu），英国威尔士西北部著名风景区斯诺多尼亚国家公园（the Snowdonia National Park）内一地名。

火车，差一点就屏住了呼吸：这里的空气是如此的清新。清新而刺骨；她判断不出自己闻到的是什么味儿。是枯死的蕨类植物？还是岩石和巨礁？是水？或是纯净的空气？另外有几个人也下了车。她抬起头，眼前是一座坡度平缓的小山。“走吧。”男孩说。她紧紧抓住那根赤杨木枝，跟在他的后面。候车室的墙上，一块块小小的窗格合在一起，构成一扇巨大的窗户。阳光透过那些小小的窗格，照亮了她的脸庞。一名铁路警卫高高地举起一盏圆形的信号灯，看似一位极具雄心的临时演员。火车又开始向前行驶，喷出一团团浓浓的黑烟。

他们走上一条宽阔的山路，路中央略微隆起。山路通往山上，途经一间小棚屋，这棚屋让她不由得联想起了那间旧猪舍。男孩走在前面，头也不回，而她也不愿意这么早就叫他放慢脚步。她专注于手中的棍子及自己的呼吸，时而向前方或四周张望一下：见不到羊群的牧羊区、一堵被人遗忘的石墙、铁丝围栏、徒步背包客。她往身后望了一眼，意识到她和男孩成了殿后的两人。山路平缓地蜿蜒而上；她平缓而均匀地呼气、吸气，并注意调整棍子的甩动，使其与自己呼吸的节奏协调一致。男孩为什么不回头看看她呢？居然连一次都没有。看一眼吧，她心里说。闻一下，感受一下吧。阳光多么美好。

“等一等！”她喊出声来。

男孩停下脚步，直等到她赶上了他，然后又继续往前走。眼下，还是相当轻松的，山坡也并不算陡。在很远的地方，在很高的地方，也许是山顶，那儿有一个建筑物。那顶端是纯白色的。

“看到没有？靠右边一点，那儿有个突起的地方。”男孩问道。

她顺着他胳膊伸出的方向看过去。“看到了。”

“我们马上就要从那儿绕过去。有没有看到它左边的山脊？它看上去比突出来的地方要低一点。”

“看到了。”

“那是我们去山顶必经的山脊。”

“离这儿有多远？”

“看上去有点远，其实没那么远。”

“哦。”

“伊尔怀德法峰[1]，这是这座山峰的名字。墓葬地。”

她低头看着脚下。山路、小石子、短短的被踩平的野草。她没有感到眩晕，但视野似乎不太稳定，眼前的景象正以脚上的鞋子和手中棍子的末端为轴点在旋转。今天，她服用了两颗药片，疼痛的感觉遥远而模糊。最近，她极少感觉疼痛，少得令人惊奇，更多的是一种隐隐的模糊的但持续不退的衰败感。她感觉到自己的身体在持续萎缩，而自己的嘴巴在喋喋吐出一些脑子里并不存在的词语。也许，她之所以没有疼痛感，是因为最近几乎不间断地在服用镇痛药。刚才，男孩说的话是无法理解的，但她还是明白了他说的是什么，因为在她的想象中，那张地形测量图的封皮就摆在面前：*斯诺登山/伊尔怀德法峰*。她不在乎那地名是什么意思。就她而言，男孩早已不在身边，他完全可以想说什么就说什么，反正他从她这儿得到的回应无非就是“哦”，“是的”或者“不是”。也许，他会跌下山去。她深深地吸了一口气，空气中那股刺骨的寒意没有了。山路、他的脚后跟、野草。走，不停地走。山路向右拐去，穿过一道

1 伊尔怀德法峰（Yr Wyddfa），英国威尔士西北部斯诺登山（Snowdon）的最高峰，海拔 1085 米，也是英格兰和威尔士的最高点。

崭新的小门，这时，他们突然发现自己已经站到了一处悬崖的顶上。她的左侧出现了一个巨大的峭壁，在峭壁的下面，在很遥远的下方，有几片小小的湖面。也许，我会跌下山去，她对自己说。戴着帽子，她的头皮有点发痒，帽子的流苏不住地来回晃荡，叫人心烦。她竭尽全力，努力不想让这一天跟以往的任何一天有任何的不一样，而来回摆动的紫色流苏帮了她的大忙，没有任何阻碍的山路也助了她一臂之力。太阳将红蓝相间的光晕投在远方的湖面上。红色与蓝色。从这么高的地方望下去，那几个湖看上去很小。打个比方吧，跟酒店里的一个小水池相比，也大不了多少，当然，也许湖水会深一些。她想起了自己背囊里的香蕉，不过，香蕉会不会放在布拉德温的背包里？他的包里有水，这一点她可以肯定。也许，明天也会和其他的日子一样吧，她还没有作出最终的决定。

“我口渴了。”她说。

男孩停下来，放下背包。他取出一瓶水，递给她。她开始喝水，水从她的下巴淌下来。很快，她就将水瓶递回给他。他也开始喝水，但喝之前，他把拇指伸进瓶颈并旋转一圈，用食指紧紧压住瓶口的螺纹。不对，刚才在火车上，他的行为可不像是什么都没有发生过的样子。“走吧。”她说。

埃文斯夫妇有没有来爬过这座山？他们一定爬过的。难道在当地人的眼里，这里的一座山就跟她眼里的阿姆斯特丹市立博物馆[1]

1　阿姆斯特丹市立博物馆（Stedelijk Museum in Amsterdam），荷兰首都阿姆斯特丹的一座现代艺术博物馆，位于博物馆广场，周围有国家博物馆和凡·高博物馆，占地 26500 平方米。博物馆建于 1895 年，其特点是空间宽敞，自然采光充足。2012 年，在历经 20 年、耗资 1 亿英镑的整修后博物馆重新开放，展览空间扩大一倍。

一样吗？因为近在咫尺，觉得理所当然，于是便熟视无睹因而从不光顾。她开始想象：这是一个阳光明媚的周日，眼前的男孩就是年轻时代的农夫埃文斯，而她自己就是他的新娘，一个对身旁的悬崖、远处的湖泊和黑色的飞鸟丝毫不感兴趣的姑娘。新娘目不转睛地望着她新婚丈夫的后背，渴望为他生儿育女。“嗨，”她喊道，“埃文斯太太有没有孩子？”

“没有，”男孩回答，这时，他已经走到她前头十米开外的地方了，他回过身看了一眼，又继续往前走，“要是有孩子的话，他们就该住在你现在住的屋子里了，或者，也可能把屋子卖掉了。”

突然之间，她感到疲惫至极，她一下子就成了寡妇，老太太的气味又开始强行钻进她的鼻孔。男孩继续向前走，她被落得越来越远。她身上的骨头开始嘎吱作响，她脚上的鸡眼开始阵阵疼痛，山风将她私处一撮稀疏的灰色毛发给揪掉了。不过，那个我早就知道了，她心想。是里斯·琼斯告诉我的。里斯·琼斯，布拉德温的父亲。这男孩为什么这么急切地要与我保持距离？她向左边望去，顺着山脊向山顶望去。山顶看起来十分遥远，那上面一片雪白。那个白色的建筑物可能就是一大堆积雪。她想，我永远都到不了山顶。突然，她的一条腿迈不动了。

她的婶婶就像一个狂热的足球迷，在为她的叔叔呐喊加油。她手中拿着个东西，一个物品。她的叔叔越干越欢，越干越快：锯切、上漆、锤打。几只猫都躲到了沙发底下。“不是组合柜，”她说。“不是组合柜。”她的婶婶哈哈大笑，依然在为他加油鼓劲，催促他继续努力。她的母亲也在场。*人就是这样！你总要做点什么事！*其中一只猫，最老的那一只，一只花斑猫，悄悄溜出了家门。

“组合柜？”

她睁开眼睛，男孩就在她的面前，凑得很近。

“你说什么？”

“你刚才提到了什么组合柜。”

“没有的事。”慢慢地，她站起身来。耀眼灿烂的阳光。她的肩膀碰到了什么东西，是一截残垣断壁。她用胳膊撑起身子，倚靠在尖尖的石块上，背包夹在肩背与断墙之间，很难看地卡在那里。刚才，他们只顾着不停地爬山，直到此刻，她才终于第一次看到了山下的情景：一座标准的火车站，铁轨旁边有一个巨大的湖泊，有其他的大小山脉，还有朦胧的阳光——她曾经在某种顺势疗法药物的盒子上见到过这幅图景。她气喘吁吁，男孩蹲坐在她的面前，扳住她的肩膀，将她拉近到自己身边。然后，他慢慢伸出手来，取下她肩上的背包，拿出了那一串香蕉。他递给她一只，自己吃了两只，把香蕉皮放进自己的背包。

“我继续往上爬，”他说，“一眨眼工夫，我就会回来的。”

“难。”她说。

“什么？”

“难。”我能，她想，那才是我想说的。不是难，而是能，还有几个别的字。我能爬到山顶，要是我们走得不急的话。类似这样的话。

“你就在这儿等着，”他说，“真的，我马上就回来了。”他转过身，向远处走去。

她看着他渐渐走远。他就像一头野山羊，大踏步走上斜坡，到达了草地与雪地的分界线。她转过身去，去看另一边的景致。她剥掉香蕉皮，将香蕉塞进嘴巴，将皮向身后一扔。一对背包客对她表示关心，“我没事，”她对他们说，“只是在欣赏风景。”后面那一句话真不该说，因为一听这话，那一男一女立即折返回来，并开始就他们所见到的一切进行了好一番评论。他们妨碍了她，他们就是蚊子，是令人讨厌的绿头苍蝇。

“你的针织帽多么可爱。”那女人说过这句话后，两个人终于走了。她从背包的前袋中抽出那板药片，喝了几大口冰凉的水，将一粒药送服下去。她深深地呼气，又深深地吸气，轻轻地揉了揉自己的双腿，随后，又在那只前袋中翻出了那包香烟和一盒火柴。她坐在那儿，两手搁在腿上，过了一会儿，她划着了火柴。火柴一直燃烧着，几乎没有风。她做好了准备。焦油和尼古丁直冲咽喉，其猛烈程度几乎等同于液体，她赶紧将香烟扔向她所能扔到的最远之处，随即弯下身子，将刚吃下去的香蕉呕吐了出来。她坐直身子，再一次深深地呼气，又深深地吸气，她看着香烟冒出的那一缕淡淡的烟柱。她喝下几口凉水，最后的一口吐掉了，水是甘甜的。随后，她站起身来，开始朝山下走去。她没有去关注山的坡度，也没有再望一眼那个标准的火车站，而只是看着下山的路和自己脚上的鞋子，看着那根赤杨木拐杖以及在她脑袋边舞动的紫色流苏。

后来——她不知道那是多久之后——男孩走上了站台。她正背靠着候车室的墙壁，席地而坐。候车室的门是锁着的。一群背包客正站在离她不远的地方，不时地，他们会朝她这边看上一眼。好久好久，她都一直注视着铁轨旁边的一个建筑物：一个带喷嘴的红色箱体，箱体下面是几个高高的黑色支架。她站了起来。男孩来到她的面前站住——他脸色红润，浑身散发出只有山里的稀薄空气才有的金属味道，唯一的不足是他没有像一只欢快的狗那样从嘴里吐出舌头——她问道：“你看到的是什么？”

过了一秒钟，他才回答：“一个女人，一个头戴可爱紫色帽子的女人。她累了。她没有爬上山顶，不过，那又不是世界末日，没什么大不了的。今天是圣诞节，她该回家了。回家去做饭，去喝酒。”

58

布拉德温拐个弯驶入车道。他停下车，指着信箱问道：“你有没有查看过邮箱？”

“没有。”

“要不要我去看一看？”

“不要。”

他继续往前开。

她看到路边的田里有一群绵羊。“停一下。”她说。

男孩踩了刹车。

“我还是想去看一下。”

“要不要我开回去？”

“不要，我走过去。”她推开车门，这车门可真沉。有几只羊抬起了脑袋，但大部分还是低着头继续吃草，这片草地它们以前没有来过。她揭起邮箱的盖子，里面并没有多少东西。他们不再寄广告过来了吗？或许是邮递员知道哪怕有邮件寄来，埃文斯太太也不会再看了？她拿起几份广告册子，一张明信片从中间滑落下来，“当”的一声掉到邮箱底部。她将广告放回邮箱，取出了明信片。一只狗的图片。她将明信片转到反面：她的姓名和这座房屋的名字，上面还有“格温内思[1]”。那是这个郡的郡名吗？邮戳清晰可辨。“我来了”，还有她丈夫的签名。她又将明信片翻回到正面，注视着那上面的狗，这是一只躺在篮子里的小狗。她面向南方，望着那座山。是啊，看上去可以轻轻松松爬上去的……从这儿看，是这样。

“里面有什么东西吗？”男孩问。

“没有，”她说，“没用的东西，广告。”

我把羊转移到另一块田里（不是因为这与你有什么相干）。我和威廉斯、古德温，房地产代理人、资产评估师、房产检视员和拍卖商将于一月一日过来。请务必准备好现金，用以赔偿少掉的那几只鹅。纸条是用一块口香糖粘在前门玻璃上的。

“那个人是不是能嗅到我们什么时候不在家？”她问道。

男孩没有答话，他吸了吸鼻子。

她将赤杨木树枝靠墙边放好，走进屋去。厨房的挂钟显示的时间是四点差一刻，圣诞树的彩灯亮着。布拉德温走到起居室的火炉边，在炉子里放入几块木柴，开始点火。她站在厨房里，望着他的后背。结实柔韧的身子，似乎随时都可能一跃而起。她必须克制住自己，不让自己现在就到餐边柜里翻找那些可以派上用场的物品。必须注意轻重缓急，她默默告诫自己。

“你收拾过沙发了，”男孩说，“它看着比原先更加宽大。”

她没有吭声。

1　格温内思（Gwynedd），英国威尔士西北部的一郡名，威尔士第二大郡。临爱尔兰海，靠梅奈海峡。人口中 99% 为纯种白人，其中 94% 的人会讲流利的威尔士语。

他走到冰箱跟前，取出那瓶已经启封的白葡萄酒。他的外套还没有脱去，帽子也还戴在头上。

就现在吧，她想。可是怎么办？“等一下。”她说了一声。

“等什么？”

“跟我来。”她率先朝前门走去，出了门。

“我们去干什么？”

“来吧。”她穿过砂砾小路，来到旧猪舍。她听到他一直跟在她的身后。鹅场的上空挂着一道橘黄色的霞光，靠花园一侧的那面猪舍墙壁已经笼罩在幽暗之中。她拉开猪舍的门，又“啪”的一下打开了电灯。“那儿。”她说，指着水泥台阶。

“那下面是什么？”

“你去看看吧，到后面去看一看。”

“你不会是又给我准备了一份圣诞礼物吧？”

“别问这么多问题，去看看不就知道了。”她往旁边让了一步。男孩开始踏上台阶，他弓着腰，一只手扶着入口处的边缘。“里面很黑。”他说。他抬起头来，望着她；这神情就像一只狗，她暗自想。萨姆在接到一个不太可信的指令之后，就是这个样子。

她将头扭向一边，去找寻那根木板条。几个星期之前，她曾拿着它去测量草坪上的那块长方形。

“不消一分钟，你就会适应的。”

她看到他头上的蓝色帽子消失了，就抓起活板门，“呯”的一声把它关紧了，活板门上下弹跳了好几下。她站在活板门的上面，拿着那根木板条，双膝跪下去，将板条插入两头的固定架中。这之后，她做好充分的准备，等待底下的人撞击门板、大喊大叫。什么都没有。男孩保持安静：也许，他以为她只是在玩游戏。她小心翼翼地站起身，好像生怕她这儿一出声便会引发他那儿的响声。她后退一步，跨过了猪舍的门，再后退一步，她出来了。不过是一眨眼的工夫，就万事大吉了，她心想。比我预想的快得多了。猪舍的灯就让它亮着吧：也许，灯光会透过缝隙漏进地下室，这对他可能有所帮助。也许，等过一阵子，她会过来把灯关掉。她转过身，走回房屋。

她给自己倒了杯葡萄酒，不紧不慢地喝下了第一口酒。收音机必须开着，但不可以停在播放圣诞颂歌的电台。她开始调节收音机的频率，直到有古典音乐声响起来才停手。然后，她再一次跪到地上，将餐边柜里的东西统统查看了一遍。稍后，她开始了一项大工程，把床垫、羽绒被、垃圾袋、可以插蜡烛的一盏老式台灯和一瓶水搬走。那辆独轮手推车可真是没有买错：一旦她掌握好平衡，连床垫都能推走。天似乎已经暗下来了，但她推着车一路走到鹅场后，才意识到其实还是有一点亮光的，当然，那层橘黄色的霞光早就消失了。在她身后的某个地方，鹅群兴奋地“嘎嘎”叫唤，而她一直在忙碌，固执地忙碌着，什么都不愿去思考。她带来了钳子，用它拆去一块木板，将带刺铁丝翻折起来；她想把垃圾袋铺平，可没想到竟然异常困难，不一会儿，她的双手和膝盖都弄脏了。她汗流浃背，气喘吁吁。从旋转小门返回房屋的那一小段路，她觉得自己完全是借助那辆空手推车才得以站立得住。刚才，旋转小门一直都开着，可那些笨鹅还是没有逃出门去。她踮起脚尖，蹑手蹑脚地来到猪舍，关掉了电灯。地下室里没有一丝声响。猪舍的门，她没有关上。

收音机播放的仍然是古典音乐。她是外行，从来都听不出放的是什么乐曲，但是跟圣诞颂歌相比，古典音乐似乎具有更为永恒的价值。她将音量调高了一点。现在是八点差一刻，地形测量图平摊在餐桌上。斯诺登/伊尔怀德法峰。她时不时盯着地图上那些绿色的虚线，同时眯缝起双眼，这样，虚线便会变得模糊，便会与她所居住的地点、如果可能还会与鹅场连成一体。她丈夫寄来的明信片就放在地图的上面，写了字的那一面朝上。《艾米莉·狄金森诗选》翻开着，放在明信片的旁边，好像它就必须放在那个地方。起居室里，炉子里的火快要熄灭了。即便她有心想给它添加几块木柴，也是不可能了；那堆木柴全部用光了。她又吃了两根香蕉，那是她特意留下来的。空着肚子可不怎么好，她是这么认为的。她不时地起身，在餐桌与洗碗池或餐边柜之间来回踱步。她从抽屉里找出来的一个手电筒竖着立在餐边柜上，抽屉里还有几节新买的电池。她喝着白葡萄酒，慢慢地、半杯半杯地喝，直到瓶里的酒几乎倒空。霞多丽葡萄酒[1]，含酒精的饮料。她相信这酒会有作用的，这酒是男孩买来的。她根本就不想打开电视。八点钟，她上了楼。

水温有一点偏烫，水无比清澈。今晚，不用纯天然草本沐浴露。进浴缸前，她把浴室的窗户打开了。只要她不将洗澡水拍得“哗哗”直响，她就能听到溪水流过的声音。她凝视着脚上的伤疤，伤口愈合得非常好。尽管窗户开着，镜子上照样还是蒙上了一层雾气。对此，她很满意。她努力放松，但一直竖起耳朵仔细倾听。明

---

1 霞多丽葡萄酒（Chardonnay），亦名：夏敦埃酒、莎当妮。一种用白葡萄中的皇后——霞多丽葡萄酿制而成的干白葡萄酒，口味圆润、微甜，从 20 世纪 80 年代末开始在国际上流行。产自法国勃艮第的顶级霞多丽白葡萄酒，陈年时间可达 20 年之久，打破了只有红葡萄酒才能进昂贵橡木桶陈酿的陈规。

信片上的那一句“我来了”真是叫人不安。里斯·琼斯的“务必”是一种命令，它跟诗句“让床垫平直”没有任何共同之处。她闭上眼睛。蜜蜂、三叶草、白色蔷薇花、铺床叠被的女子。女子将床单抖开，让它平展开去，让它落下并平铺在坚硬的床垫上，她给羽绒枕头套上一个干净挺括的枕套。“建造一张宽大的墓床”。她睁开眼睛，凝望着吸顶灯。是虚拟语气，这是一种假设。狄金森既没有写“将这张墓床建得宽大，”也没有写“它的床垫要平直/它的枕头要圆软”。就此打住吧，别再想了。就这样，躺在热水里，让我的整个身体里里外外、上上下下彻底暖和起来，要过很久之后我的身体才会慢慢冷却。太热了，我会希望自己冷却下来。二十分钟后，她穿上了干净的衣服：裤子、上衣、宽松的针织套衫，还有白色的运动袜。她下了楼，走进厨房，喝下最后的半杯葡萄酒。一张纸、一支咖啡色毡头签字笔。有那么一瞬间，她恍惚看到男孩手里握着笔在画圆圈。这张纸，本该用来设计花园的。再过几分钟，一切就结束了——她摇摇头，真的，如此简单明了的事，她居然过了这么久才终于明白，真是不可思议。现在是九点差一刻。她拔掉收音机的电源插头，转拨到电池供电，音乐声仅仅漏掉了一两个节拍。圣诞树彩灯的电源，她没有拔掉，厨房、起居室、盥洗间和书房的灯也都没有关掉。她戴上那顶紫色帽子出了门。她没有锁门。

她顺着车道走到鹅场，一路上用手电筒照明。没有星星：天空乌云密布，这是意料之中的。空气中，飘着丝丝细雨。她从旋转小门上翻过去，感觉精疲力竭；她倚在门栏上歇息片刻，试图借助那一束手电光搜寻鹅的踪迹。当然，那几只鹅避开了她。她拎起收音机，向鹅棚走去，她在鹅棚门口脱下靴子，将靴子放在门口的垃圾袋上。在棚里，收音机的声音听起来大多了；在棚外，它还得与猫头鹰的哀鸣声相抗衡，或者是风筝。她划着一根火柴，点亮了插在老式台灯上的蜡烛。她不觉得冷；热水澡发挥了很好的作用。她本想把带刺铁丝拉下来挡住入口，结果却拿起门口的垃圾袋，将它翻折了上去。所有的药片，她全都带来了。起码需要二十片；她是这么估计的。多一些兴许会更好，当然也许也不见得更好。她坐直身子，药片，她是一口一片吞服下去的，每一片药都用一大口水冲服下去，水是她先前放到这里的塑料瓶装水。吃完药，她躺下来，盖上两床羽绒被，深深地吸气。蜡烛光没有摇曳闪烁，鹅棚顶上光线均匀。她想起了那只狐狸——就是一只狐狸，其实，她从没见过它——又想起了那只獾和那些灰松鼠。它们都在冬眠。同样，这里也算是一种可供冬眠的窝巢。柔和的烛光、低沉的溪流声、雨滴零星落在鹅棚顶上发出的沉闷而单调的响声。即使是现在，在浴缸里泡了这么久，又换上了干净的衣服，她还是能够闻到埃文斯老太太的气味。她不禁微微笑了。现在无所谓了，什么都无所谓了。她闭上眼睛，不一会儿，她感到有什么奇怪的东西挤压到她的双脚，于是又睁开了眼睛。一只鹅爬上了床垫，另外三只坐在她旁边，四只鹅的神情都异常平静，但没有睡着。太可惜了，她还能思考。我身边没有面包。床垫上的那只鹅脑袋慢慢垂下来，最后搁在她的腿上。那感觉就像一根绳，一根将她拖走的绳索。我变成了一只鹅，她想。离开这儿，穿越摇摇欲坠的柏油棚顶，再经过田野，两脚在前，飞向空中，在树枝和电线之间穿行。别让日出金色的喧闹 / 惊扰了这处安眠。幸运的话，一路直飞到达山巅。

59

“捉摸不透，”丈夫说，“就这个词合适。”

“其实，你自己也是个挺让人费解的人。”警察说。

他俩正在吃英式早餐。收银台宣称，这是节礼日[1]早餐。丈夫喝的是一杯香槟。粉红玫瑰香槟，太讨厌了。“幸亏是你开的车。”他对警察说。他们吃的有香肠、烤番茄、熏肉、煎鸡蛋和豆类。

“你是说我不够坦率吗？”丈夫问，“你这么说是什么意思？”

“就是觉得你这个人不容易理解，对我而言。”

“你难道会以为我觉得你这人容易理解吗？”他将酒杯往旁边一推，“安东。”

警察没有搭腔，他将最后一片香肠塞进嘴巴，看了看腕上的手表。早餐之后，他们上楼，收拾行囊。丈夫付了房费，住宿费比他预料的要高出许多。

空气中飘着毛毛细雨。“这么说，咱俩都是难以捉摸的。”丈夫一边说着，一边钻进了黑色大轿车。今天早上，走起路来感觉轻松了一些。他往回推算了一下，知道腿上的石膏很快就可以拆除了。

“你刚才在思考那个话题，是吧？”警察问。

“没错。”

警察猛转方向盘，紧扳变速杆，将车驶出停车场，那样子像极

1 节礼日（Boxing Day），英国和部分英联邦国家的法定假日，在圣诞节次日或圣诞节后的第一个星期日。人们会在这一天向雇员、仆人、邮递员等赠送盒装节礼，商家也通常在这一天开始打折销售。节礼日最早出现于中世纪，当时，圣诞节前在教堂门口放置捐款箱，圣诞节过后将募得款项捐给穷人，因此而得名。

了一个喜欢飙车的小伙子。

丈夫将绑了石膏的腿摆放妥当后，向窗外望去。他打了个嗝，又闻到了讨厌的香槟味。他不会预见未来，就算是竭尽全力，他也难以在脑海中勾画出他妻子的面容。我来了。真的，那只是因为他得知她有病在身，否则的话，他也许会选择远远地避开。

“你的这位朋友。”他说。

“不是。”警察说。

“不是吗？”

“别谈这个。我们现在在国外。”

“你当真有朋友吗？”

布拉姆打断了他们，告诉他们要穿过下一个交叉路口。第二个出口。哈普斯福德[1]，埃尔斯米尔港[2]。到了交叉路口，布拉姆继续给他们指路。

丈夫看着警察的双手，那双手放在方向盘上，轻松自如。挡风玻璃上的雨刮现在不再来回摆动。前方的云层间露出了一线青天。“今天会是个大晴天。”他说。

“是的。”警察答。

“当然，也有可能她已经不在那儿了。”

“到了那儿就知道了。”

“‘节礼日’，那究竟是什么意思？”

“我也不知道。”

八百米后，向右转。然后上高速公路。丈夫开始对布拉姆感到

---

1 哈普斯福德（Hapsford），英国英格兰一地名。

2 埃尔斯米尔港（Ellesmere Port），英国英格兰西北部柴郡一工业城市和重要河运港口，位于切斯特（Chester）西北部。以柴郡奥克斯名品奥特莱斯而出名，市内有一大型水族馆和国家水路博物馆。

厌烦，他懒得费心费力跟他抢话说，于是便闭上眼睛，开始思考跑步一事。如果脚没有骨折，跑步是很轻松的一件事。跑步、呼吸、流汗，握紧拳头，将内心的痛苦与愤怒宣泄出去；独自回到家，冲个沐浴，四肢伸展躺在沙发上。她从来不说什么。这么多年来，她从来没问过他有关跑步的任何情况，一次都没有。有时候，她会发出一声叹息。她也从来没有在跑步比赛中露过面。难以捉摸。他想起他岳母说过的一句话：这事还是都要怪你。是不是因为，如警察所言，他这人本身其实也是个挺让人费解的人？现在，他的脚不痒了，他也就不再怀念那根毛衣针了。也许，那意味着石膏绷带下面的情况正在好转。

诺索普[1]，布林福德[2]，鲁瓦尔特[3]。已经很久了，布拉姆一直没有出声，可能是因为他们的车子上了 A55 高速公路，并且将在公路上继续跑一阵。此时，阳光灿烂；田野和树林雾气蒸腾。这儿真美，丈夫心想。手机开始在他的胸口震动起来，他从上衣的胸袋中掏出手机。

“你们到了没有？”是他的岳母。

“还没到。”

“怎么还没到呢？”

“轮渡晚点了，我们只好住了一夜宾馆。”

“现在应该快到了吧？”

---

1 诺索普（Northop），英国北威尔士东北部克卢伊德郡（Clwyd）一城镇，位于 A55 高速公路旁，靠近利物浦（Liverpool）和切斯特（Chester）。

2 布林福德（Brynford），英国北威尔士东北部克卢伊德郡（Clwyd）一地名，位于 A55 高速公路旁。

3 鲁瓦尔特（Rhuallt），英国北威尔士东北部克卢伊德郡（Clwyd）一乡村名，位于 A55 高速公路旁。

“估计再过一个半小时就该到了。”

“那边的天气怎样？”

“天气很好，出太阳了。”

“这儿的天气糟透了，一点都不暖和，太难受了。”

丈夫往旁边瞥了一眼，警察不为所动，依旧沉静地目视前方。“是吗？这儿很暖和很舒适，今天早上我还喝了香槟。”

“什么？那究竟是因为什么？”

“今天是节礼日。”

“什么意思？”

“我不知道。是圣诞节后的那一天。”

“你的那位警察朋友，他知道去那儿该怎么走吧？”

“有人给他提供帮助。是布拉姆。”

“布拉姆是谁？”

“一种导航系统。”

“哦。”接着是片刻的沉默，“他有没有穿警服？”

“没有，他干吗要穿制服？他又不是来执行任务。”

“不是，我刚才在想，他是不是算是以某种官方的身份去那儿接她回来的。”

“这事与警方没有任何关系。”

“确实是这样。”阿姆斯特丹那边又是一阵沉默，“你岳父想问一声，轮船上有没有放电影。”

“据我所知，没有。不过，那船非常大，我们倒是看到舞台上有个小丑。”

“对了。到了那儿之后，能不能请你告诉她，我们……”

“什么？”

老俩口又商量了一阵。“就是，告诉她我们爱她，告诉她我们盼着她回家。当然，不是回到我们身边，而是回到你的身边。”

“回到我的身边？我还以为这都是我的过错。”

“不是的。你岳父认为，那样怪你是不对的。我们后来又讨论了这个问题。”

“哦。”

“我们爱她，她的父亲也爱她。你一定要转告她。你会的，是吧？”

“当然，我会转告她。到了之后，我会把手机给她，那样你们就可以亲口告诉她了。”

“不用，由你转告就行了。过后，我们会再打过来。或者，你打给我们，因为我们不知道你们到那儿具体什么时间。你们那边现在是什么时间？”

“比你们那儿早一个小时。”

“好吧，我们希望那个时候不是吃饭的点。”

丈夫摇了摇头。

“你也可以告诉她，她不可以这样做，不可以就那样消失不见了。告诉她，她应该想想她年迈的父母；告诉她，我们原谅她了。”

“你们原谅她什么？”

“你知道的，就是，呃……跟那个什么的事。每个人都难免会做一些最终后悔不迭的傻事。”他的岳父在一旁说了句什么，“你岳父说，‘肉体是软弱的’。”她开始哭泣。

丈夫将手机从耳朵边移开。“电话是我岳母打来的，”他告诉警察，“她说，肉体是软弱的。”

警察瞥了他一眼。“这话可没说错啊。”他说。

“还有件事，”现在，他听到话筒里传来岳父的声音。他又将手机贴近耳边，“告诉她，我们真的希望可以一起过新年，咱们大家都在一起。”

“我会转告她的。你的意思是你们到这儿来，还是在阿姆斯特丹？”

“当然是来我们这儿！我们去那儿干什么呢？你真的能想象我有本事让你岳母乘船过去吗？”

“你们可以乘飞机。”

“你给我们买飞机票还差不多。不行，就来这儿，来我们这儿，在她的老家，这对她有好处。我们得好好照顾她。”

“是的。”

“你们买好回程票了，是吧？你们什么时候乘船回来？”

“没有，回程票还没买。这样，我们想什么时候回来都可以，另外，回来时会有两辆车。”

“我跟你说啊，你得告诉她，她叔叔和婶婶也要过来。”他岳母说了句什么，“什么？等一下……不会，他当然不会介意。他担心她……为什么？……我可以打保票，他不会捣乱的……对不起，你岳母刚才跟我说了几句话。这事，我马上就去安排。我保证她会喜欢的。”

“我会告诉她的。”

老两口又开始商量什么。“什么？稍等一下。你岳母想问一下，那块云石蛋糕没问题吧？”

“蛋糕还在包里，那是留待以后再吃的。”

“一到那里，你就会给我们打电话的，对吧？”

“我保证，一到就打。”

“好吧。剩下的路程，注意安全驾驶。”

丈夫将手机放回胸袋，他一边的耳朵都发烫了。“你该给家里打个电话吧？”他问警察，“要不要联系一下？”

“没必要。”

这会儿，A55 高速公路的走向与海岸是一致的。科尔温贝[1]，兰迪德诺[2]，康威[3]。一辆火车从后面追上并超越了他们的汽车，看来，它也是顺海边运行的。

“不到一个小时就到了。”警察说。

“我觉得这地方很美，”丈夫说，“不知道这段时间她一直在干什么。”

“说不定，她跟一位威尔士农场主在一起生活呢。”

丈夫笑出了声。他们的车穿过一个村庄，那辆火车刚巧停靠在村里的一个小站里。远处的陆地映入眼帘，丈夫猜想那个地方会不会就是爱尔兰。不一会儿，火车再一次从他们的汽车旁边飞驰而过。“她是城里人，她连画眉和乌鸦都分辨不清。”

“那有什么关系？在乡村生活，也不一定非得懂那类东西。”

“这儿的生活太孤单了。”

“这么说来，跟你一起呆在都市的屋里，那样的生活就不孤单

1 科尔温贝（Colwyn Bay），英国威尔士康威郡自治市内一海滨小镇，紧靠海岸线。

2 兰迪德诺（Llandudno），英国威尔士康威郡自治市内一安静而美丽的海边小镇，维多利亚时代为设立一个度假胜地修筑而成，英国十大海滨度假小镇之一。这里还是“爱丽丝梦游奇境”的发源地，爱丽丝童话里的角色雕像散落在小镇各处，又是皇家度假地，曾接待过包括英国女王、查尔斯王子、拿破仑三世、罗马尼亚皇后等诸多皇室成员。每年 5 月公众假期的周末，都会举办为期三日的维多利亚嘉年华。

3 康威（Conwy），英国威尔士北部康威河岸的城镇，是欧洲最有资格诠释中世纪风情的古镇，完好保留着全世界数目最多的中世纪城堡，其中，修建于 1283 年至 1289 年间的康威城堡（Conwy Castle）是康威镇最为重要的景点，很多游客慕名而来，为的就是一睹古堡风采。

了吗？”

“你说的那是什么意思？”

警察一只手离开方向盘，将手放到丈夫的腿上。

他没有将警察的手推开，因为对方正在开车。

前方请左转。八百米后，左转，沿路往前开。长时间的沉默之后，布拉姆又开腔了。卡那封镇，根据指示牌上的显示，到那儿还要走九英里。到达交叉路口，左转，到第三个出口。“布拉姆目前工作很称职呢。”警察说。

“只凭房屋的名称，布拉姆就能找到那地方吗？”丈夫问。他揉摸着自己的左膝。

“不能。”

“那我们怎么找得到那儿？”

警察从车门内侧的储物槽里抽出一张地图，递给丈夫，说：“我要不跟你一起来，你会怎么做？”

丈夫看着地图。斯诺登山/伊尔怀德法峰，探险地图。地图上，一位身穿鲜红色外套的登山者站在岩石上，背景是白雪皑皑的山峰。

“我已经在那栋房子的四周画上了一个圈，”警察说，“通往屋子的那条路，也用黄色荧光笔标出来了。”

丈夫试图将地图展开，但他没法做到，这地图委实太大了。太大，也太详尽，还发出一种不可思议的响声。他把地图摊在腿上。右侧是一片水域，对面的那片陆地现在离他们越来越近；那儿不可能是爱尔兰。请从这个出口出去。继续靠左行驶，然后穿过交叉路口，到第二个出口。他们的车穿过卡那封镇，镇上的店铺都开着门，街道上人来人往；丈夫看到一块巨大的招牌上写着：大减价！他还看到一个小小的交叉路口，路口中央有一棵树，他觉得那应该是一种棕榈树。穿过交叉路口，到第二个出口。丈夫保持缄默，他可不能与布拉姆抢着说话。节礼日是不是一个公共节假日，商店是不是都会在这天打折促销？

又过了十五分钟，他们在一个丁字路口停下车。布拉姆刚才说了：你已经到达目的地，接着——警察正准备靠边停车——请在这里调头。“不了，布拉姆，”警察说，“你的任务已经完成了。”然后，他就从丈夫手中拿过地图。他站在汽车前，将地图摊开在汽车的引擎罩上。车门敞开着，微风从某个方向徐徐吹来，空气中弥漫着某种气息。在阿姆斯特丹，只有阳春三月才会感受到这种气息：乡村春天的气息。警察转过身，开始仔细地察看一条狭窄而低堑的柏油车道，那条道路缓缓地上坡，路中央冒出一簇簇的野草；路边的田里，绵羊数不胜数。空气很是湿润。仪表板上显示的时间是一点差一刻，丈夫在心里减去了一个小时。他感到莫名的紧张。在威尔士，今天是节礼日。也许，再过一刻钟，他就可以见到自己的妻子了。

60

他的脑海里不断地出现那个山巅，浮现出自己站在山巅的情形。他听得到自己的呼吸，看得到霍斯舒、爱尔兰海、山下的湖泊、通往兰贝里斯的缓坡。那座山似乎自始至终都知道，人们总有一天将会在那儿修建筑一条铁路。一层白雪。遗憾的是，这样的地方，你永远都别指望可以有独享美景的机会。哈弗埃利里[1]，那座新建的山顶车站，还没有启用，宽大的窗户用一张张的硬纸板保护起来，后墙边是一个被风吹积而成的高高的雪堆。山顶上的人并不多，不过在那儿的人几乎人人都抱着手机在通话，向别人炫耀他们登上了最高峰。他回到他和她分别的地点——他是一路小跑赶回去的——但是没有见到她的踪影，他向悬崖下面望去，望向无底的深渊，然后飞奔下山。

可是现在，他却被困在旧猪舍的地下室里。没有手机。即便想让别人知道自己被关在地下，他也难以做到。想站直身子是不可能的事。她在地上放了靠垫、小地毯和毛毯。只是在她将猪舍的电灯关掉之后，他才用火柴点亮了一根蜡烛。是一根，不是两根。蜡烛分别插在两个葡萄酒的瓶颈里。其实，地下室里也不是特别黑，因为屋里的灯全都亮着，在草坪上投下一块块长方形的灯光。透过墙上扁平的四英寸宽的窗口，他可以看到灯光。有一个塑料口袋，里面装着面包、几盒饼干、黄油、几根香蕉、一把餐刀、奶酪和切成薄片的冷羊肉。她是在跟他开玩笑吗？他几乎笑了起来，她认为他会吃这些东西吗？还有三瓶带螺旋盖的红葡萄酒、一瓶白葡萄酒、七瓶水和一些炸薯片，有一只玻璃杯和一个餐盘。他没有去寻找另一件圣诞礼物。听声音，她好像在用手推车搬运东西，有踩在碎石路上的脚步声。他最后听到的声音是古典音乐：收音机一定调高了

1　哈弗埃利里（Hafod Eryri），斯诺登山顶游客中心，位于英国威尔士西北部格温内思郡（Gwynedd）境内斯诺登山的峰顶，花岗石结构建筑，正面为“世界之窗”玻璃墙，是斯诺登山区铁路的终点站。

音量，而且窗户或者前门没有关。过了一会儿，门窗又关上了；可能是这样，或者是她关掉了收音机。他不明白，不过他并不感到惊讶。他还是使劲地去推活板门，发觉有灰尘飘落到他的头上。他低声咒骂着。“Sgutham[1]”，他说，但内心并没有愤怒，他又说了声“Iesu Grist[2]”。他吃了一点喝了一点，但吃得不多喝得也不多，这儿的食物够他吃一个星期的。有可能最终是由他的父亲将他解救出来，这件事不是他能够掌控的。他脱下靴子和外套，最后脱掉了帽子。其他的衣服，他没有脱，他在靠垫上躺下来，将毛毯和地毯裹到自己身上。他吹灭了蜡烛。他不冷。房子里的灯依然亮着。他想象自己站在伊尔怀德法峰顶，呼吸着寒冷刺骨的空气，刺眼的白雪逼得他眯缝起双眼。

第二天清晨，窗外传来小鸟的鸣唱声，但什么都看不见——哦，不对，可以看到房梁和板墙——他可以设想外面已是春色一片。夜间，寒意终究还是从地砖下面渗了上来，他坐起身来，吃了块奶酪，又喝了几口水，然后静静等待。他想到，也许，是我让她怀孕了。他站起来，透过窗口往外看。地上的草湿漉漉的，过了一小会儿，他又往窗外看了一眼，发现这时的太阳已经上升了不少。也是这个时候，他才发现，原本放在厨房窗台上的那三株开花植物也被她搬到了地下室的窗前。他伸出一根手指，往一个花盆里戳进去，发现花盆里的土也是湿漉漉的。

他至今都想不明白，那一刻，自己为什么会呆立在草坪上，如

1 威尔士语，意为“撒旦”、“魔鬼”。
2 威尔士语，意为“耶稣基督”、“天哪”。

同一头被车灯惊住了的小鹿，就是那辆停在屋旁的黑色皮卡的车灯。本来，他完全可以轻易地走开，从墙头返身翻回去。萨姆贴着他的腿坐在地上，浑身颤抖；他多么急迫多么渴盼立马回到主人的身边。她还给他发出了信号：虽然难以理解，但无疑是个信号。也许，那就是他没有动弹的原因。

从前，站在这个位置，他的身子是可以直起来的，不仅如此，他还得踮起脚尖才能透过窗口往外看。他可以看到屋外的妈妈和埃文斯太太，她们坐在奇怪的椅子上，椅子放在靠近小溪的赤杨木树阴下。地下室里总是非常阴凉，他不明白她们为什么老喜欢呆在室外。两杯加了冰块的自制柠檬汁摆在摇摇晃晃的小桌上。他踮着脚，看着她们，听着妈妈的说话声。有时候，妈妈会喊一声："布拉德温！"而埃文斯太太则会跟妈妈说，别管他，让他自己玩，"Da Chi'n gwybod lle mae o.[1]"每次，只要他的父亲忙完了绵羊的事，他就会挂着满鼻头满脑门的汗珠朝着她们的桌椅走过来，每当这时，妈妈就会赶紧收拾好东西，准备回家。

鸟儿安静下来了。也许，它们也终于发现了，今天是节礼日，或者，至少还处于仲冬时节，春光明媚的大好季节尚未来临。他弯着腰，开始在铺了绿色瓷砖的地下室里来回走动，再一次推了推活板门，当然，门依然毫无动静。灰尘飘落到水泥台阶上，他的脑海中出现了一个小男孩，一个初学走步的孩童：坐在一架秋千上或者试图去踢一个不听话的皮球。过了一会儿，他的后背开始酸痛，于是便在靠垫上躺下来，他不再感觉寒冷。要是萨姆也在这儿，那该

1　威尔士语，意为"别管他，让他自己玩"。

多好！哪怕萨姆总是对他有所保留，时常回头张望，从来不曾完全地毫无保留地属于过他。他松开牛仔裤的扣子，拉过一条毛毯盖在身上。

几个小时过去了，他又开始吃面包和奶酪，这个时候，他听到了汽车的声音。不是往远处开，而是朝这边来。他一动不动，嘴巴也停止了咀嚼。他宁愿继续困在地下室里，也不愿意这么快就再次见到他的父亲。*请务必准备好足够的现金，以赔偿少掉的那几只鹅。*似乎那女人就是那只狐狸，是她把那几只鹅吃掉了。车门打开了，随即又“砰”地一块关上了，声音沉闷而遥远，那辆车停靠的地方离房屋不是很近。传来两个男人的说话声。他们不是应该到一月一日才过来吗？踏在小道上的脚步声。他们说的不是威尔士语，那种话听上去倒更像是她的母语：他听出了那种独特的刺耳的喉音，奇特的元音发音。他环顾四周，又再一次环顾四周：开花的植物、冷羊肉片、两个用作烛台的葡萄酒瓶。他穿上靴子，戴上帽子，接着，他就着一片面包又吃下了一大块奶酪，喝下一杯红葡萄酒，将嘴里的食物送下肚。吃喝完毕，他开始擂门，将活板门敲得“呯呯”直响。

“你是谁？”其中的一个男人问道，这个男人留着很短的黑发。

“布拉德温，”他回答，“我是布拉德温·琼斯。”

“阿格尼丝在哪里？”另一个男人问了这个问题。他拄着拐杖，一条小腿上绑着石膏。说阿格尼丝这个名字时，他的发音是荷兰式的，音是从喉咙的后部发出的。布拉德温没有听明白。

“你说什么？”

“阿格尼丝在哪儿？从阿姆斯特丹来的那个人？”

“那是一个人名吗？”

“当然。是阿格尼丝。”

“这儿没有人叫阿格尼丝这个名字。你们是什么人？”

那两个男人站在门口，没有动，两个人谁都没有回答他的问题。男孩站在水泥台阶上，炫目的金黄色的阳光从他们的腿之间照射进来，他不得不抬起一只手，遮挡住刺眼的阳光。

“没有人叫阿格尼丝这个名字？”绑着石膏的男人问道。

“没有。”

“你在那里面干什么？”另一个男人问道。这人的头发跟他自己的很像，不过比他的短很多。

“是她将我锁在这里的，是艾米莉。”

“艾米莉？”

“是的。”

“那是什么时候？”

“昨天下午。”

“她现在在哪里？”

“我不知道。她不在屋子里吗？”

“不在。她干吗把你锁在这儿？”

绑着石膏的那个人开始用荷兰语与另一个人交谈起来。他比划着，又一次提到了“阿格尼丝”这个名字。黑发男子的眼睛始终盯着男孩，即使在他跟同伴讲话的时候，他的目光也没有移开。他的一只手抓住了那根板条闩。终于，两个人从门口后退了一步，“出来吧。”抓着板条闩的那人对他说。男孩从地下室里爬了上来。那人将门闩靠墙壁放好，然后走下水泥台阶。从身边经过时，男孩闻到了他身上的味道：一股浓郁而清新的须后水的气味。绑着石膏的那个人拄着拐杖，一瘸一拐朝屋子的方向走去。男孩一直等到地下室的那人出来之后，才赶在他前头朝前门走去，前门大敞着。他看了一眼蔷薇拱门，那一朵与花苞没多少区别的白色蔷薇花依然还像花苞一样，也许它永远不会盛开了。

到了厨房，两个男人继续用荷兰话交谈，他们似乎忘记了他的存在，或者说似乎把他视为毫不相干的人。绑着石膏的男人一只手捧着那本《艾米莉·狄金森诗选》。从许许多多无法理解的音节中，男孩听他们提到了“艾米莉”和“阿格尼丝”这两个人名，还有一次说到“胡说”。他站在那儿，屁股贴着炉子，他俨然就是这儿的主人。从地下室里出来，炉子暖暖的，感觉真不错。地图铺开在餐桌上，地图上面有一张纸，那个人一只手撑在纸上，一边不停地说着话。纸的旁边就是那支棕色的毡头签字笔，他们原本就是准备用这支笔来设计花园的。那两个男人的包都放在餐边柜旁边的地上，柜子上面的收音机不见了，留下一块明显的空当，圣诞树上的彩灯依然亮着。现在，那个男人拿起一张明信片，递给黑发男子。男孩微微笑了起来。*没用的东西*，他心想。*广告*。“喝点咖啡吗？”他问，主要是因为他自己很想喝杯咖啡。

“这张明信片是什么时候收到的？”黑发男子问道。

男孩在壶里放入咖啡，灌满水，然后揭起一个炉盖。“昨天到的。”

“他们圣诞节也照送的吗？”

“可能早就在信箱里了，我没有见过这张卡片。”

“你是谁？”

这就像是一场审问。“布拉德温·琼斯。”明明知道这个人想问的其实并非他的名字，能这样说出自己的姓名感觉真爽。现在，咖啡壶放在电热板上，是最烫的那一块。男孩望着窗外，看着倒伏在地的橡树。他也注意到了，砂砾小道就那样伸进草坪的确不合适。不应该这样，这样没有道理，它不通往任何地方，那儿应该有个什么东西才对。他转过身来。绑着石膏的男人盯着那张明信片，另一个男人还是盯着他看。“你是警察吗？”他问。

“是的。”沉默片刻后，他说，“你是个机灵的小伙子。”

“你叫什么名字？”

“安东。”

“那他呢？”

男孩朝绑着石膏的男人看了一眼。

“他是阿格尼丝的丈夫，他叫鲁特格尔。”

“她去哪儿了？”阿格尼丝的丈夫问，但他的眼睛依旧看着明信片。

咖啡开始沸腾，男孩将咖啡壶从炉口移开，再从碗橱里取出三只杯子。

“前门上的那张字条是怎么回事？”警察问。

“那是我父亲留下的。”男孩不知道还能说点什么，他也不知道他的父亲为什么要在一月一日那天跟房地产经纪人一起过来。

“鹅是怎么回事？”

“车道旁边的鹅场里有几只鹅，有时候会有狐狸来偷吃鹅。”他先将两杯咖啡放在餐桌上，从冰箱里取出牛奶，又从操作台上拿来方糖。阿格尼丝的丈夫抬起头来，他似乎想起了什么。他站起来，从他的包里翻找出一个长方形的、裹着银箔的物品。他将它放到桌上，但没有打开。警察看着男孩，男孩也看着警察，他知道自己的眼睛是斜视的。

后来，他泡在浴缸里。窗户敞开着，水热乎乎的，散发出天然草本的香味。刚才，他打发那两个荷兰人去了石阵。他告诉他们，石阵是她爱去的一个地方。“如果她不在那儿，”他说，“那她一定是去水库了，只要再继续往前走几步就是水库。她不可能去更远的地方，因为汽车没有开走，就停在旧猪舍的后面。”他没有提起獾啊什么的，哦，不啦，他不陪他们一块儿过去了，那地方很容易找，只要顺着那条小道走就可以。那个警察还吩咐他不要离开，似乎只要一离开他就会成为怀疑的对象。对此，他哈哈一笑，警察也报之以微笑。他们走得可真慢，他从厨房的窗口看着他们离开，不过，绑了石膏的那人走路的速度比他预想的要快。鲁特格尔和安东。他低头看着自己的阴茎，它漂浮在水里，看上去比实际要大。怀孕，他心里在想。他无法摆脱这一想法，尤其是现在，他知道了她是有丈夫的。而且，是她自己要的；是她不愿意采取任何措施。收音机到哪里去了？他闭上眼睛，倾听小溪潺潺流淌。他考虑了一下眼下的局势。他可以留下来；安东，那个警察是不会介意的。他睁开眼睛，爬出浴缸。他擦干身子，吸了吸鼻子。艾米莉说过她能闻到埃文斯太太的气味，而他闻到的是自己身上的气味，他身上的味道真不错。他打开书房的门，准备从背包里拿几样干净的衣裤，可他发现，这里的床垫不在了。

男孩站在屋外墙角处。荷兰人开来的那辆大块头黑色轿车停在五十码开外的地方，太阳依然挂在天空。刚才，他站在楼梯平台的窗口，看到远处的海水在阳光下闪烁发光。现在，鹅场就在他的面前，可那里空空如也。他开始沿车道朝前走去，他始终走在靠近鹅场的一侧。他刚刚从那辆黑色轿车的旁边走过，便转过头去，因为在小溪的潺潺流淌声中，他恍惚听到了喇叭声。喇叭的声音。鹅场里的草很短，鹅已经将每一片草叶都啃啄到了与地面平齐的程度。男孩翻过旋转小门，放缓脚步向前走，然后更加缓慢地朝鹅棚的方向走去。喇叭声并非来自小溪，而是来自鹅棚。六个月前，同样是阳光明媚，只不过那个时候，天气比现在暖和得多，橡树的枝头长满绿叶，田间的金雀花开得黄灿灿的；那时的草也长得飞快，鹅根本来不及吃。他蹲下身子，往鹅棚的里面张望，门口的木板和带刺铁丝挡住了他的视线。他看出来了，那边是床垫的一角；音乐声不是很响，但可以清楚地听到。终于，他看清了，床垫下面铺了一层垃圾袋，那四只鹅正坐在那女人的四周。它们看到了他，开始轻声地"呱呱"叫起来。有一只鹅似乎趴在她的腿上，它甚至开始发出"嘶嘶"的声音，仿佛它的职责是站岗放哨。他又看到了一个紫色的东西，那是她戴着的那顶帽子。够了。

他站起身。一个女人，一个头戴可爱紫色帽子的女人。她累了。她没有爬上山顶，不过，那又不是世界末日，没什么大不了的。今天是圣诞节，她该回家了。回家去做饭，去喝酒。这些话一字不落地留存在他的记忆中。毕竟，这是昨天才说过的话。你看到的是什么？这是一个简单的问题。当时，她把目光从他身上移开，略显愠怒，略带羞涩，目不转睛地看着水箱。她的身上散发出一种难以言喻的美，他以前从没见她有这么美。这种美令人惊叹，就如同一棵树或一丛灌木，它们会在自己的生命将要终结前的那一年开出最多最美的花朵。但是，这些话，他当时并没有告诉她。艾米莉。

他朝身后张望了一下，然后从旋转小门上翻跨回来。他抬起头，望着鹅场，望着牧羊场，那里一只羊都没有。他想起三个已经去世的女人：两个在这儿，一个在兰贝里斯家中的床上。妈妈临死之前，说了最后的一句话，他几乎没有听明白她说的是什么。那一刻，他是因为妈妈的美丽而心不在焉。“去吧，”她是这么说的，“如果你想去，如果你要去，那就去吧。”说完这话，她便闭上了眼睛。他抬起头，望着天空，天空一片湛蓝。他看到了木头电线杆和电线杆上的电缆，看到了金雀花丛、橡树和几只乌鸦，看到草地上一只橘红色的破浴缸和带刺铁丝。当然，还有鹅棚，鹅棚里依然飘出舒缓的音乐声。树阴无处不在，比去年夏天多了许多，就连橘红色的浴缸旁边都是阴凉。就是这样，另外，远处的天空挂着一朵奇特的云彩。轻柔舒缓的音乐，潺潺流淌的小溪。他微微笑了，心想，她的想象中一定没有这样的情景。别让日出金色的喧闹 / 惊扰了这处安眠。

男孩收拾好背包。这不花多少时间；他只需先将包里的东西全部倒出来。离开书房之前，他看了一眼茶几上的那一摞书，将《柳林风声》放进背包顶端的袋中，那是因为这本书的封面上有一只鼹鼠、一只蟾蜍和一只老鼠。他来到厨房，向窗外望去，那位警察和丈夫仍然不见踪影。他在餐桌边坐下来，看着桌上的那张纸。上面是她的笔迹，是她的母语。Bed 这个字出现在第一行的正中间，十分醒目，bed met，不过，仅此而已。明信片的内容部分只有两个单词，但同样无法读懂：Ik kom[1]。他第一次见到了她的名字，上面的确写着“阿格尼丝”，“鲁特格尔”这个名字也出现在明信片上。他把桌上那个长方形物品外面的银箔纸揭下来，里面是一种蛋糕，深褐色的。他拿来餐刀，切下一块。味道好极了，他又切下一块。吃完后，他将蛋糕原样包好。他站起身，看着圣诞树，心想：一棵被遗弃的圣诞树。他的目光从圣诞树移到餐边柜的旁边，两个荷兰人的行李包就放在那儿。他略微犹豫了一下，然后从两个钱夹中各拿出四十英镑，其实，钱夹里还有大量的现金。他将鲁特格尔的钱夹放进安东的包里，又将安东的钱夹放入鲁特格尔的包里。他拎起一只塑料袋，将背包搭在肩上，走出屋子。一出门，他又改变了主意，把背包放在靠门口的墙边，又将塑料袋摆在背包上面，回到屋内。慢慢地，他把圣诞树上的东西取下来，先是小饰物和金银丝，最后是小彩灯，他将它们都收进餐边柜的一只抽屉里。随后，他又把树从碎石子中拔出来，用劲抖了抖树根；他将树扛到屋外，来到通往草坪的小路尽头，再去猪舍拿来铲子，在新铺的小路尽头挖了一个坑，将圣诞树放入坑内，把土压实，然后将铁铲送回猪舍。他拿起背包上面的那只塑料袋，最后一次返回地下室。他将面包、奶酪和香蕉放进塑料袋，拿起一瓶水，沿水泥台阶回到地面。他把塑料袋塞进背包，放在衣物的上面，将背包最上面的搭扣扣上；然后，拉开侧边的扣带，将那只装了一升半水的水瓶往扣带里一插，水瓶滑入了侧袋中；最后，他细心地扣紧了侧边的扣带。他拎起背

1 荷兰语，意为“我来了”。

包，将包背到身后，像一个懂事的孩子那样关好前门，穿过了石墙旁的那道旋转小门。

他跨过小溪。他还没有考虑清楚，是继续沿着脚下的小道向前走呢，还是该去树木茂盛的对岸行走。他只知道，他得徒步往回走上一整天，于是，他干脆朝反方向走去。*有时候，因为刚巧走的是一条死路，一整天走下来，结果却毫无收获。*这句话是几个星期之前，他亲口对她说过的。远足的路线必须穿过兰贝里斯、翻越山顶，给远足的人们提供一个选择：步行或者乘坐蒸汽火车。从伊尔怀德法峰顶下来，到达赖泽杜——此处必须加上一提示：选择翻越山脊，并非没有风险——然后前往海岸。阿伯里斯特威斯[1]作为终点将是不错的选择，那儿有一个火车站，从阿伯里斯特威斯再前往什鲁斯伯里[2]只有不到两小时的车程。这一点，他早该意识到了。现在，他在山的另一边。

他朝西南方向望去，离天黑还有几个小时。他听到远处传来说话的声音，略一迟疑后便钻进了溪边密密的树林中，他在一棵树的背后蹲下身子。有人曾经跟他说过，人死了之后，指甲和头发还会继续生长。可他不知道，人死了之后，母体内如果有一个尚未成型的胎儿，它继续摄取血液和营养的时间会延续多久？他闭上双眼。他不想就这样一动不动、无所事事地蹲在那儿。他渴望走路，渴望行动。随后，他叹了口气，凝视着他眼前的草地，草地的边缘有一道厚厚的树篱。小时候，他也曾坐在这儿，那时，如果

1 阿伯里斯特威斯（Aberystwyth），又名亚伯，威尔士西部城镇，滨卡迪根湾（Cardigan Bay）。中世纪有围墙的古城，沿一座 13 世纪的堡垒兴建而成，历史上曾是繁荣一时的铅矿外运口岸。是威尔士文化重镇，也是海滨度假胜地。

2 什鲁斯伯里（Shrewsbury），又名“舒兹伯利”，英格兰西部什罗普郡（Shropshire）的郡治和第一大城市，位于不列颠最长河流塞文河河畔。早期为集镇，市中心现仍保留着中世纪时期规划的街道，城中有历史保护建筑 660 多座。亦是进化论的创立者达尔文的出生地。

恰好刮的是顺风，他就能听到妈妈和埃文斯太太说话的声音。他从来都不会走得太远，始终确保能听到她们的说话声。再过十年或者二十年，这里的一切也不会有太大的变化。一直等到听不到那两个人的说话声之后，他才从冬青树的背后出来。他开始轻轻地吹响了口哨。